# 古樂苑

（第一册）

UESTCP
电子科技大学出版社

**图书在版编目（CIP）数据**

古乐苑：全 5 册 /（明）梅鼎祚撰．-- 成都：电子科技大学出版社，2017.10
ISBN 978-7-5647-5185-2

Ⅰ．①古… Ⅱ．①梅… Ⅲ．①乐府诗－诗集－中国－古代 Ⅳ．① I222.6

中国版本图书馆 CIP 数据核字 (2017) 第 239303 号

**古乐苑（全 5 册）**

（明）梅鼎祚 撰

策划编辑 刘 愚 杜 倩
责任编辑 刘 愚

出版发行 电子科技大学出版社
成都市一环路东一段 159 号电子信息产业大厦九楼 邮编 610051
主 页 www.uestcp.com.cn
服务电话 028-83203399
邮购电话 028-83201495

印 刷 虎彩印艺股份有限公司
成品尺寸 185 mm×260 mm
印 张 138
字 数 1150 千字
版 次 2017 年 10 月第 1 版
印 次 2017 年 10 月第 1 次印刷
书 号 ISBN978-7-5647-5185-2
定 价 3980.00（全 5 册）

# 出版說明

現代漢語用『圖書』表示文獻的總稱，這一稱謂可以追溯到古史傳説時代的河圖、洛書。在從古到今的文化史中，圖像始終承擔着重要的文化功能。傳説時代的大禹『鑄鼎象物』，將物怪的形象鑄到鼎上，使『民知神奸』。在《周易》中也有『制器尚象』之説。一般而論，文化生活皆有與之對應的物质層面的表现。在中國古代文獻研究活動中，學者也多注意器物、圖像的研究，如《詩》中的草木、鳥獸，《山海經》中的神靈物怪，《禮儀》中的禮器、行禮方位等，學者多畫爲圖像，與文字互相印證，成爲經學研究中的『圖説』類著述。至宋元以後，庶民文化興起，出版業高度發達，版刻印刷益發普及，在普通文獻中也逐漸出現了圖像資料，其中廣泛地涉及植物、動物、日常的物質生產程序與工具、平民教化等多個方面，其中流傳至今者，是我們瞭解古代文化的重要憑藉，通過這些圖文並茂的文本，讀者可以獲得對古代文化生動而直觀的感知。爲了方便讀者閱讀，我們將古代文獻中有關圖像、版畫、彩色套印本等文獻輯爲叢刊正式出版。

本編選目兼顧文獻學、古代美術、考古、社會史等多個種類，範圍廣泛，版本選擇也兼顧了古代東亞地區漢文化圈的範圍。圖像在古代社會生活中的一大作用爲促進平民教化，即古人所謂的『圖像古昔，以當箴規』，（語出何宴《景福殿賦》）明清以來，民間勸善之書，如《陰騭文》《閨范》等，皆有圖解，其中所宣揚的古代道德意識中的部分條目固然爲我們所不取，甚至應該是批判的對象，但其中多有精美的版畫，除了作爲古代美術史文獻以外，也可由此考見古代一般平民的倫理意識，實爲社會史研究的重要材料。

本編擬目涉及多種類型的文獻，兹輯爲叢刊，然亦以單種別行為主，只有部分社會史性質的文本，因爲篇卷無多，若獨立成册則面臨裝幀等方面的困難，則取同類文本合爲一册。文獻卷首都新編了目録以便檢索，但爲了避免與書中内容大量重複，無謂地增加篇幅，有部分新編目録較原書目録有所簡略，也有部分文本性質特殊，原書中本無卷次目録之類，則約舉其要，新擬條目，其擬議未必全然恰當。所有文獻皆影印，版式色澤，一存古韻。

# 《古樂苑》總目録

五十二卷（明）梅鼎祚 輯 明萬曆十九年呂胤昌校刊本

## 第一册

## 第二册

## 第三册

## 第四册

## 第五册

# 第一册目録

# 古樂苑序

新都汪道昆撰

昔虞命典樂求端于詩詩三百其皆樂乎魯仲尼正之矣上之遺佚雜出不肆樂官下之靡靡波流往而不反漢猶近古衍之

爲郊廟燕射鼓吹横吹相和清
商之辭五帝三代之遺音菫有存
者六朝同源異委去漢徑庭唐以
輓近傳之去古燕郢要以由前
則主事由後則主辭主事則饒
有其文主辭則以文滅質此其

大較也樂府出鄙茂倩務博綜以求全古樂府出左克明務典要而止古各有所當殊塗同歸風雅翼出楊用修比于樂屢屢耳至馮汝言詩紀出傾九府而縱觀始帝世而終六朝悉在司

會方之茂倩則多不該擬之克
明唐亦無預溢目盈耳業已足
多第載樂府什三聲詩什七脱
非易牙爲政孰辨澠淄古樂苑
出梅禹金斐然博雅君子居常
探七略騭百家不佞頗爲多財

寧矣乃令所輯審于部張于左
拓于楊核于馮蓋自土鼓蕢桴
控揭柷敔以至齊竽秦缶甯角
緱笙百部具陳不遺一吷由唐
下逮姑侯更端合之綱舉目張
金聲玉振猶决析津窮瀛海豈

不洋洋乎哉即彗左史鄭公孫
不加博矣司理呂玉繩相視莫
逆校而版之宛陵猥之不佞由
禮樂起家則過新都問序不佞
且老逡逡退讓未皇焉今有事澤
宮將報命執秩一尔三至申之以

疇昔之言顧不佞不能詩又惡
知樂竊惟說詩易說樂難詩猶
解頤樂則恐卧非說樂之難也
論其世則雖盡其變則尤難自
其異者觀之有族有祖惡乎異
自其同者觀之曰采曰流惡乎

同浸假頤名思義或合或離當
聲知音若遠若近藉第令取節
寧詎能待春宮畫條貫哉說者
求之著與不著之間則柔之因
兩也求之合與不合之間則九方
皋之牝牡驪黃也求之解與不

解之間則鵾鵬之雷聲象因之
玄珠也如其文辭而已矣将無
害乎雖然皮之不存毛将安傳
惡能去辭千金之裘非一狐之腋
寧不求備即求備宜莫如禹金
蓋府言藏苑言積禹金之苑其

上林爭不佞非司馬村何敢以前茅進于時胡元瑞見容既卒業而多禹金廣大精微無遺憾矣明以尚古而否漢先得我心與漢代興則王長公在豐沛以降此其堀起者與元瑞深于詩

固宜知樂元美已矣昔嘗推轂
禹金安得起之九原是爲玄晏
不佞且避席矣禹金又言玉繩
既台與祚亦有所攖心幸而叢
守君吳相君朱相君相与程督
之始告成事今而後乃知中和

樂職不在益部而在宛陵盛矣
美矣
歲辛卯月辛卯日辛卯時辛卯
書于太函

序

# 古樂苑凡例

一是編本據郭茂倩樂府詩集補其闕佚正其譌舛始自黃虞訖于隋代則倣左氏克明舊有樂苑其名近雅因名之曰古樂苑不必剏異無敢貪功

一樂府名始西漢饗祀郊廟咸有其文故郭氏志樂郊廟居首而上古歌辭乃闕焉無聞今都爲一卷特置在前既肇聲氣之元亦昭升降之序歌謠仍各從類

一郊廟燕射樂歌史各臚列宜從本文如沈約宋書遠在唐御撰晉書前則晉歌亦復遵宋字或小異分類附注若易虎爲獸淵爲泉之屬以避諱故今

悉釐正其歷代樂志因革具陳條貫有次郭本引述頗畧茲采而詳亦不泥引

一鼓吹橫吹相和清商諸調並依舊次其緣本古辭擷句爲題者亦依舊附後間有更定用便攷覽別無異同以致衡决

一舞曲郊廟朝饗所奏是爲雅舞諸史舊載各以類從郭氏併鞞鐸巾拂類設一目實有倫紀今如之

一琴曲郭氏頗多放遺又若蔡錯今繇唐虞迄西楚爲一卷漢迄隋爲一卷其世次無考者以時附見

一襍曲歌辭以其本不關于正典復不屬之各調而

名之也郭氏大校依鄭樵樂府遺聲畧見類從闕互更著今編代爲一卷人益之

一歌謠載馮氏詩紀者以較郭本三倍猶繁至所挂漏正自不免今並補錄它若諺語本屬體歌謠郭全不載仍依詩紀附焉間多語作歌謠者並改正

一頌主客告讖本緯文各有體裁無關音樂迺若原田裘鞞則野誦之變體鱗身狗尾亦被歌以成文掇其似茲附屬謠諺

一郭氏意務博擥間有詩題悉列樂府如採桑則劉邈萬山見採桑人從軍行則王粲從軍詩梁元帝

同王僧辯從軍江淹擬李都尉從軍張正見星名從軍詩庾信同盧記室從軍之類有取詩首一二語竄入前題如自君之出矣則鮑令暉題詩後寄行人長安少年行則何遜學古詩長安美少年之類有辭類前題原未名爲歌曲如苦熱行任昉何遜但云苦熱鬬雞篇梁簡文但云鬬雞之類有賦詩爲題而其本辭實非樂府若張正見晨雞高樹鳴本阮籍詠懷詩晨雞鳴高樹命駕起旋歸張率雀乳空井中本傅玄襍詩鵲巢丘城側雀乳空井中之類亦有全不相蒙如善哉行則江淹擬魏文

遊宴秋風則吳邁遠古意贈今人之類有一題數篇半為牽合如揚方合歡詩後三首為襍詩採蓮曲則梁簡文後一首本蓮花賦中歌之類並當删正今但明注題下而于目亦注宜删不即輕削疑者如例

一樂府作者非一傳之逾遠甚至離去本指獸創新裁若箜篌引謂公無渡河而陳思曰置酒高殿上陌上桑謂秦羅敷而魏武帝駕虹蜺托言求仙文帝弃故鄉轉傷征旅又或緣題立意挹流迷源若雞鳴本言天下太平飲酒作樂終喻兄弟當相為

表裏而劉孝威塒雞識將曙岑德潤鐘響應繁霜特爲雞詠若權歌行本言王者布大化而陸機遲遲暮春日孔甯子君子樂和節頌美舟游凡斯統覽首尾自明舊注其云其但言其事而已别無一義者省儻旁多摭引足相鉤校者存

一古辭舊傳爲漢者或亦有據（出塞古辭一首疑必非漢）清商一部無名氏者馮氏悉以屬晉葢謂清商始晉也樂府舊注或云晉宋齊辭或云晉宋梁辭今但仍舊其無名氏而事可證明若沈玩王厥隨王誕汝南王桃葉等類即加直書

一樂府猛虎行飢不從猛虎食㗅嗺歌東下何攢攢上留田行里中有啼兒曹植苦熱行等舊止附注今爲正載

一舊錄所載其辭云亾而實有可討又本辭之外猶有遺篇如魏明帝猛虎行堂上行陸機顏延之挽歌之類雖系闕簡尚復成章今並裒錄

一歌辭有兩屬如羅敷東門西門折楊柳行白頭吟諸曲本屬相和瑟調楚調亦屬大曲例不複載義見宋書舞曲琴曲亦同琴曲昭君怨王嬙本辭及劉令嫺陳後主二篇而后崇王明君以下諸辭又載相和歌之吟歎曲不可曉今依舊錄

一子政品文詩與歌别彥和著論樂府特銓故今自郊廟燕射諸調琴舞而外自漢而隋凡稱歌者並所不遺篇吟謳引亦歌之泒總歸襍部

一歌曲無所分屬又莫詳世代如西洲長干諸曲三峽夔道諸歌謠詩紀附晉亦未明確凡今斯屬别爲一卷

一仙歌鬼詩詩紀有載今但就中錄其爲歌曲者副之編末聊取備焉

一詩歌自經史及各集所載外其有散見諸子如莊列淮南孔叢等稗官偏記如越絕吳越春秋江表

傳襄陽耆舊記十六國春秋華陽國志洞冥拾遺搜神異苑齊諧水經注語林世説海山記等或有僞託亦在兼收

一樂府每取古今樂録解題廣題等附注各題今依此例凡他篇籍轉相援引悉爲綴拾辨其異同証其出處比舊特詳

一一篇而或異題或異句或異字或作者異人其籍可証據義有徵長者从之而仍其作其以志兩存其一篇而别籍各載或二見或三四見者亦並存之

一篇有斷句句有闕字字有繆義一切傳疑不能臆測

一各題數篇篇以次代代以次人人則以帝王諸家方外閨秀爲次

一郭本作者無名氏而次某某後如箜篌謠次劉孝威越城曲次沈氏登樓曲詩紀即附歸其人今止從舊

一是編惟載正文訓故音叶原不暇及或因辭義難曉間叅一二固非通例

一名賢論著品藻凡有涉樂府及作者名氏行履畧

具始末總爲衍錄四卷而名氏之左評駁辨解人卽類從歷數朝者以所終爲定亦有其作在前者注明隋唐間人若虞世南袁朗陳子良輩作自何時未可臆度因姑附隋虞世南等樂府皆擬古題非比詩可知爲在隋在唐作也今故亦錄

一樂府詩集樂苑下逮有唐辭頗稱備竊意三唐之于六代體要且殊風軌自別故今斷從左氏是編旣成當卽爲唐樂苑用纘其緒務舉其全

一是編緣習前聞旁通廣涉亦云具體顧惟載籍極博獨力難周訛若渡河喻同埽葉請俟來喆補闕

訂疑

右凡二十八則每舉一隅他可例見茲所未盡

附載各題

凡例終

# 古樂苑總目卷上

西吳　梅鼎祚　補正
東越　呂胤昌　校閱

## 前卷

### 古歌辭

哀慕歌　周季歷

夢歌　魯聲伯

去魯歌　魯孔子 下同

楚聘歌

丘陵歌

蟪蛄歌

鶬鴰歌

孤鶵歌

獲麟歌

原壤歌

右前卷一卷若卿雲畲山商歌師乙獲麟河激越人漁父採葛婦郭本並止數篇混載襍歌謠中今悉釐正其他體例宜屬歌謠者仍從歌謠

卷第一

郊廟歌辭　郊祀一

漢郊祀歌十九首　古辭

練時日　帝臨

青陽　朱明

西顥　玄冥

惟泰元　天地

日出入　天馬二首

天門　景星

齊房　后皇

## 卷第二

天地郊明堂歌五首　傅玄

夕牲歌　降神歌

天郊饗神歌　地郊饗神歌

明堂饗神歌

宋郊祀歌三首　顔延之

夕牲歌　迎送神歌

饗神歌

明堂歌九首　謝莊

迎神歌　登歌

歌太祖文皇帝　歌青帝

休成樂　江淹下同

牲出入歌辭　薦豆呈毛血歌辭

奏宣烈之樂歌辭

北郊樂歌六首　謝超宗

昭夏樂　登歌

地德凱容樂　昭德凱容樂

昭夏樂　隸幽樂

明堂樂歌十五首　謝超宗

肅咸樂二首　引牲樂

嘉薦樂二首　昭夏樂

登歌　凱容宣烈樂
青帝歌　赤帝歌
黃帝歌　白帝歌
黑帝歌　嘉胙樂
昭夏樂
雩祭樂歌八首　謝朓
迎神歌　歌世祖武皇帝
歌青帝　歌赤帝
歌黃帝　歌白帝
歌黑帝　送神歌

卷第三

高明樂　高明樂

武德樂　皇夏樂

高明樂　昭夏樂

皇夏樂

北郊樂歌八首

高明樂　昭夏樂

皇夏樂　皇夏樂

高明樂　高明樂

昭夏樂　皇夏樂

五郊樂歌五首

青帝高明樂　赤帝高明樂
黃帝高明樂　白帝高明樂
黑帝高明樂

明堂樂歌十一首

肆夏樂　高明樂
武德樂　昭夏樂
昭夏樂　皇夏樂
高明樂　高明樂
皇夏樂　高明樂
皇夏樂

文舞　霱夏

武舞　昭夏

五郊祀歌五首

青帝歌角音　赤帝歌徵音

黃帝歌宮音　白帝歌商音

黑帝歌羽音

感帝歌一首

諴夏

雩祭歌一首

諴夏

卷第四

卷第五

郊廟歌辭 廟祀二

北齊享廟樂辭十八首　陸卬等奉詔撰

始基樂恢祚舞五首

司空公室一首　吏部尚書室一首

秦州使君室一首　太尉武貞公室一首

文穆帝室一首

武德樂昭烈舞　文德樂宣政舞

文正樂光大舞　皇夏樂

高明樂　皇夏樂

周宗廟歌十二首　庾信

皇夏　昭夏

皇夏十首

康王歌　獻王歌

太祖武元皇帝歌　飲福酒歌

送神歌

卷第六

燕射歌辭

晉四箱樂歌

正旦大會行禮歌　傅玄下同

天鑒

上壽酒歌

於赫

上壽歌 四章

食舉歌 十章

卷第七

燕射歌辭

梁三朝雅樂歌 二十八首

俊雅 三章沈約下同　胤雅 一章

寅雅 一章　介雅 三章

需雅 八章　雍雅 三章

俊雅 三章蕭子雲下同　胤雅 一章

寅雅 一章　介雅 三章

卷第八

卷第九

鼓吹曲辭二

擬漢鐃歌

朱鷺

梁王僧孺一首　梁裴憲伯一首

陳後主一首　陳張正見一首

陳蘇子卿一首

艾如張

陳蘇子卿一首

上之回

梁簡文帝一首　陳張正見一首

北齊蕭慤一首　隋陳子良一首

戰城南

梁吳均三首後一首補　陳張正見一首

巫山高

齊虞羲一首　齊王融一首

齊劉繪一首　梁元帝一首

梁范雲一首　梁費昶一首

梁王泰一首　陳後主一首

陳蕭銓一首　隋李孝貞一首補

隋淩敬一首補

將進酒

梁昭明太子統 一首

君馬黃

陳蔡君知 一首　陳張正見 二首

芳樹

齊謝朓 一首　齊王融 一首

梁武帝 一首　梁元帝 一首

梁費昶 一首　梁沈約 一首

梁丘遲 一首　陳李爽 一首

陳顧野王 一首　陳張正見 一首

陳江摠 補一首

有所思

齊劉繪一首　齊謝朓一首

梁武帝一首　梁簡文帝四首

梁昭明太子統一首　梁范雲一首

梁王筠一首　梁庾肩吾一首

梁王僧孺一首　梁吳均一首

梁沈約一首　梁費昶一首

陳後主三首　陳顧野王一首

陳張正見一首　陳陸系一首

北齊裴讓之一首　隋盧思道一首

雉子班

梁吳均 一首　陳後主 一首

陳張正見 一首　陳毛處約 一首

陳江總 一首

臨高臺

魏文帝 一首　齊謝朓 一首

齊王融 一首　梁武帝 一首

梁沈約 一首　陳後主 一首

陳張正見 一首　北齊蕭慤 一首

遠期

梁張率 一首　梁庾成師 一首

玄雲

梁張率 一首

釣竿

魏文帝 一首　梁沈約 一首

梁戴暠 一首　梁劉孝綽 一首

釣竿篇

陳張正見 一首　隋李巨仁 一首

佳期竟不歸

陳張正見 補一首

卷第十

## 鼓吹曲辭三

攄武師　伐烏林

秋風　克皖城

關背德　通荊門

章洪德　從歷數

承天命　玄化

晉鼓吹曲二十二首　傅玄

靈之祥　宣受命

征遼東　宣輔政

時運多難　景龍飛

平玉衡　文王統百揆

卷第十一

## 鼓吹曲辭四

雉子遊原澤篇　上邪篇

臨高臺篇　遠期篇

石流篇

齊隨王鼓吹曲十首　謝朓

元會曲　郊祀曲

鈞天曲　入朝曲

出藩曲　校獵曲

從戎曲　送遠曲

登山曲　泛水曲

梁鼓吹曲十二首　沈約

卷第十二

橫吹曲辭一

漢橫吹曲 擬漢

入關

梁吳均一首　隋虞茂補一首

出塞

古辭一首　梁劉孝標一首

周王褒一首　隋楊素二首後一首補

隋薛道衡二首　隋虞世基二首

入塞

周王褒一首　隋何妥一首

折楊柳

梁元帝一首　梁柳惲一首

關山月

梁簡文帝一首　梁元帝一首

陳後主二首　陳李爽一首

陳徐陵一首　陳張正見一首

陳陳暄一首　陳祖孫登一首

陳獨孤嗣宗一首　陳江總一首

## 驄馬

梁車敹一首　梁劉孝威一首

隋庾抱一首　隋王由禮一首

## 驄馬驅

梁元帝一首　梁劉孝威一首

陳江暉一首　陳徐陵一首
陳江摠一首　隋柳莊一首
隋弘執恭一首

卷第十三

横吹曲辭二

[梁]鼓角横吹曲　古辭

企喻歌辭　瑯琊王歌辭
鉅鹿公主歌辭　紫騮馬歌辭
紫騮馬歌辭　黃淡思歌
地驅樂歌辭　地驅樂歌

卷第十四

相和歌辭一

相和六引

陳張正見一首　陳江揔一首

箜篌謠　梁劉孝威一首移補

五引

宮引

梁沈約一首　梁蕭子雲一首

商引

梁沈約一首　梁蕭子雲一首

角引

梁沈約一首　梁蕭子雲一首

徵引

古辭一首　魏武帝一首

魏陳思王植一首　晉張駿一首

惟漢行

魏陳思王植一首　晉傅玄一首

蒿里

古辭一首　魏武帝一首

宋鮑照一首

挽歌

魏繆襲一首　晉陸機三首

又補　晉陶潛三首

雞鳴篇

梁劉孝威一首　　隋岑德潤補一首

雞鳴高樹巔　　梁簡文帝一首

晨雞高樹鳴　　陳張正見疑一首

烏生　　古辭一首

烏生八九子　　梁劉孝威一首

城上烏

梁吳均一首　　梁朱超一首

平陵東

古辭一首　　魏陳思王植一首

陌上桑

古辭 一首　楚辭鈔 一首

魏武帝 一首　魏文帝 一首

魏陳思王植 一首 補　梁吳均 一首

梁王筠 一首　梁蕭子顯 二首

梁王臺卿 四首 補

豔歌行

晉傅玄 一首　陳張正見 一首

羅敷行

梁蕭子範 一首　陳顧野王 二首

北魏高允　一首

日出東南隅行

晉陸機　一首　　宋謝靈運　一首

梁沈約　一首　　梁張率　一首

梁蕭子顯　一首　　陳後主　一首

陳徐伯陽　一首　　陳殷謀　一首

周王褒　一首　　周蕭撝　一首

隋盧思道　一首

採桑

宋鮑照　一首　　梁簡文帝　一首

吟歎曲

卷第十六

魏明帝一首　晉傅玄一首
晉陸機一首　梁張率一首
周徐謙二首補一　隋辛德源一首
銅雀臺
齊謝脁一首　陳張正見一首
陳荀仲舉一首
銅雀妓
梁何遜一首　梁劉孝綽一首
梁江淹一首
銅雀悲補　齊謝脁一首

置酒高堂上　宋孔欣一首

當置酒　梁簡文帝一首

猛虎行

古辭一首補　魏文帝一首

魏明帝一首補　晉陸機一首

宋謝惠連二首

雙桐生空井　梁簡文帝一首

君子行

古辭一首　晉陸機一首

梁簡文帝一首　梁沈約一首

梁簡文帝二首　梁元帝一首

梁沈約一首　梁戴暠一首

梁吳均一首　梁江淹二首宜刪

梁蕭子顯一首　梁劉孝儀一首

陳張正見二首後首疑　周趙王招一首

周庾信一首　周王褒二首

隋盧思道一首　隋明餘慶一首

隋虞世南二首

遠征人

周王褒一首

從軍行五更轉

陳伏知道五首

卷第十七
相和歌辭四
清調曲一

中婦織流黃

梁簡文帝 一首　陳徐陵 一首

北齊盧詢 一首　隋虞世南 一首

卷第十八

相和歌辭 五

清調曲 二

塘上行

魏甄后 一首　晉陸機 一首

宋謝惠連 一首

塘上行苦辛篇　梁劉孝威 一首

蒲生行浮萍篇　魏陳思王植一首

蒲生行　齊謝脁一首

蒲生我池中　梁元帝一首補

江蘺生幽渚　梁沈約一首

秋胡行

魏武帝二首　魏文帝三首

魏嵇康七首　晉傅玄二首

晉陸機一首　宋顔延之九首

宋謝惠連二首　齊王融七首

卷第十九

相和歌辭六

瑟調曲一

善哉行

古辭一首　魏武帝二首

魏文帝四首　魏明帝二首

宋謝靈運一首　梁江淹一首宜刪

當來日大難　魏陳思王植一首

長笛吐清氣

陳周弘讓一首補　陳賀徹一首補

隴西行

順東西門行

晉陸機一首　宋謝靈運一首

宋謝惠連一首

卷第二十

相和歌辭七

瑟調曲二

飲馬長城窟行

古辭一首　魏文帝一首

魏陳琳一首　晉傅玄一首

晉陸機一首　梁昭明太子統補一首

青青河畔草

客從遠方來

宋鮑照補一首　宋鮑令暉補一首

汎舟横大江

梁簡文帝一首　陳張正見一首

婀娜當軒織

陳蕭詮補一首

上留田行

古辭一首　魏文帝一首

晉陸機一首　宋謝靈運一首

梁簡文帝一首

新成安樂宫

梁簡文帝一首　陳陰鏗一首

古辭一首　梁簡文帝二首

梁褚翔一首

卷第二十一

相和歌辭八

瑟調曲三

豔歌何嘗行

古辭一首　魏文帝一首

飛來雙白鵠　宋吳邁遠一首

飛來雙白鶴

梁元帝一首　陳後主一首

梁王籍一首　隋蕭今一首

北齊魏收一首　隋盧思道一首

蒲坂行

齊陸厥一首　梁劉遵一首

白楊行　晉傅玄一首

胡無人行

古辭一首　梁徐摛一首　吴均一首

卷第二十二

相和歌辭九

楚調曲

梁劉孝綽一首　梁孔翁歸一首

梁何思澄一首　梁徐悱妻劉令嫺一首

陳陰鏗一首　陳何楫一首

玉階怨

齊謝朓一首　齊虞炎一首

長門怨

梁柳惲一首　梁費昶一首

大曲

滿歌行　古辭一首

卷第二十三

清商曲辭一

吴聲歌曲一

吴歌三首　宋鮑照

子夜歌四十二首　晉宋齊辭

子夜四時歌　晉宋齊辭

春歌二十首　夏歌二十首

秋歌十八首　冬歌十七首

子夜四時歌　梁武帝

春歌四首　夏歌四首

秋歌四首　冬歌四首

卷第二十四

團扇郎

晉謝芳姿二首　晉桃葉三首

無名氏四首　梁武帝一首

七日夜女郎歌九首　無名氏

長史變歌三首　晉王廞

黃生曲三首　無名氏

黃鵠曲四首　無名氏

碧玉歌六首　古辭

桃葉歌

晉王獻之二首　晉桃葉一首

採蓮曲

梁簡文帝二首後首宜刪　梁元帝一首宜刪

梁劉孝威一首　梁朱超一首

梁沈君攸一首　梁吳均二首

陳後主一首　隋盧思道一首

隋殷英童一首

採菱歌　宋鮑照七首

採菱曲

齊陶功曹一首補　梁簡文帝一首

梁陸罩一首　梁費昶一首

梁江淹 一首　梁江洪 二首

梁徐勉 一首

陽春歌

宋吳邁遠 一首　齊檀約 一首

梁吳均 一首　陳顧野王 一首

隋柳𧦝 一首

陽春曲　無名氏 一首

上雲樂　梁武帝

鳳臺曲　桐柏曲

方丈曲　方諸曲

宴酒篇

古樂苑總目卷上終

# 古樂苑總目卷下

西吴　梅鼎祚　補正
東越　吕胤昌　校閲

卷第二十八

梁鐸舞曲

周捨一首

漢巾舞歌

古辭一首

齊公莫舞辭

無名氏一首

卷第二十九

舞曲歌辭三

鞞舞二

晉拂舞歌五首

卷第三十

琴曲歌辭一

南風歌 虞舜 一首 下同

南風操

襄陵操 夏禹 一首

箕子操 殷箕子 一首

傷殷操 殷微子 一首

採薇操 殷伯夷 一首

岐山操 周太王 一首 補

拘幽操 周文王 一首

文王操 周文王 一首

尅商操 周武王 一首

越裳操　周公旦一首

神鳳操　周成王一首

履霜操　周尹伯奇一首

獻玉退怨歌　楚卞和補一首

琴歌　秦百里奚妻三首

百里奚歌　梁高允生補一首

士失志操　晉介子推四見一首

伯姬引　魯保母補一首

琴歌　齊杞梁妻補一首

杞梁妻　宋吳邁遠一首

卷第三十一

琴曲歌辭二

漢傅毅一首　宋何偃一首

怨篇　漢張衡下同並補

歌

同聲歌　漢張衡一首

何嘗行　晉傅玄一首

定情歌　漢張衡一首補

定情詩　魏繁欽一首

九曲歌

漢李尤一首補　晉傅玄一首補

羽林郎　漢辛延年下各一首

胡姬年十五　晉劉琨

當壚曲

梁簡文帝一首　梁沈滿願一首

陳岑之敬一首補

挾琴歌　北齊魏收一首

董嬌嬈　漢宋子侯一首

古怨歌　漢竇玄妻一首補

焦仲卿妻作　古辭

卷第三十三

襍曲歌辭二漢

蜨蝶行

古辭一首　梁李鏡遠一首

驅車上東門行

駕言出北闕行　晉陸機

古辭下各一首

傷歌行　古辭

悲歌　古辭

前緩聲歌

古辭一首　晉陸機一首

宋孔甯子一首　梁沈約一首

後緩聲歌

宋謝惠連一首

古歌補一首

古歌補一首

古歌補一首

古歌銅雀辭補一首

古絕句補四首

古五襍組詩補

古辭一首　齊王融一首

梁范雲一首

古兩頭纖纖詩補

古辭二首　齊王融一首

卷第三十四

襍曲歌辭三 魏

劉勳妻　魏文帝 補二首

種瓜篇　魏明帝 一首

堂上行

魏明帝 補一首　宋鮑照 一首

齊瑟行　魏陳思王植

名都篇　魏陳思王植

鬬雞東郊道　陳褚玠

美女篇

當欲遊南山行

當事君行

當車已駕行

桂之樹行

苦思行

升天行

魏陳思王植二首　宋鮑照一首

梁劉孝勝一首　隋盧思道一首

隋釋慧淨補一首

豔歌　魏陳思王植補一首

出自薊北門行

宋鮑照 一首　　陳徐陵 一首

周庾信 一首

苦熱行

魏陳思王植 一首 補　　宋鮑照 一首

梁簡文帝 一首　　梁任昉 一首 下並疑刪

梁何遜 一首　　周庾信 一首

妾薄命

魏陳思王植 二首　　梁簡文帝 一首

梁劉孝威 一首　　梁劉孝勝 一首

樂府歌

駕出北郭門行　魏阮瑀一首

秦女休行

魏左延年一首　晉傅玄一首

祝䬋歌　魏焦先一首補

采薪者歌　魏阮籍一首下同補

大人先生歌　魏阮籍

吳

爾汝歌　吳孫皓下各一首並補

效孫皓爾汝歌　宋王歆之

博陵王宮俠曲　晉張華二首

壯士篇　晉張華一首

遊獵篇　晉張華一首

行行且遊獵篇　梁劉孝威一首

雲中白子高行　晉傅玄一首下同各

西長安行

前有一罇酒行

晉傅玄一首　陳後主一首

陳張正見一首

飛塵篇　晉傅玄一首

驚靁歌

雲歌

晉傅玄一首 補　梁王臺卿一首

蓮歌　晉傅玄 下同並補

襍歌

歌辭

昔思君

君子有所思行

晉陸機一首　宋謝靈運一首

宋鮑照一首　梁沈約一首

女怨詩　晉皇甫謐補一首

逸民吟　晉潘尼補一首

嬌女詩　晉左思補一首

思吳江歌　晉張翰補一首

山路吟　晉夏侯湛下同以下俱補

江上汎歌

長夜謠

寒苦謠

扶風歌

晉劉琨九首　宋鮑照一首

# 長相思



長別離



古別離



生別離



淫思古意

卷第三十七

梁沈約一首

江上曲　齊謝脁一首

邯鄲才人嫁爲厮養卒婦　齊謝脁一首

王孫遊

齊謝脁一首　齊王融一首

金谷聚

石崇金谷妓　齊謝脁補一首

梁庾肩吾補一首

法壽樂

齊王融十二首

右歌本起　右歌靈瑞

右歌下生　右歌在宮

臨江王節士歌　齊陸厥一首下同

李夫人及貴人歌

卷第三十八

襍曲歌辭六梁

東飛伯勞歌

梁武帝一首　梁簡文帝二首

梁劉孝威一首　陳後主一首

陳陸瑜一首　陳江揔一首

隋辛德源一首

河中之水歌　梁武帝一首

閶闔篇　梁武帝一首

上林　梁昭明太子統一首

大言並補　梁昭明太子統一首下同

細言

大言　梁沈約一首下同

細言

大言　梁王錫一首下同

細言

大言　梁王規一首下同

細言

梁劉孝儀一首　梁陸罩一首
梁鄧鏗一首　陳江摠一首
又一首　陳吳思玄一首
周庾信一首

春閨怨補
梁王僧孺一首　梁吳孜一首

秋閨怨補
梁王僧孺一首　梁何遜二首
陳陰鏗一首

離閨怨　梁何遜一首補

空閨怨補　陳江揔一首

南征閨怨　陳陰鏗補一首

山家閨怨補

陳張正見一首　陳李爽一首

晩棲烏　梁元帝補一首

擕手曲

梁沈約一首　梁吳均一首

夜夜曲

梁沈約二首　梁簡文帝二首

樂未央　梁沈約一首

起夜來　梁柳惲一首

獨不見

梁柳惲一首　梁王訓一首

梁劉孝威一首

送歸曲　梁吳均一首下同

秦王卷衣

妾安所居

大垂手

小垂手

夾樹

梁王筠 二首　陳傅縡 一首

陳徐陵 一首　陳江摠 三首

遺所思　梁劉孝綽 補 一首

舞就行　梁劉孝儀 補 一首

雀乳空井中　梁劉孝威 一首 下同

半渡溪

寒夜怨　梁陶弘景 一首 下同

告遊篇 補

遥夜吟　梁宗夬 一首 下同

荊州樂

映水曲　梁沈滿願一首下同

登樓曲

越城曲

聽鐘鳴　梁蕭綜三首補下同

悲落葉

聽鐘鳴

悲落葉

卷第三十九

襍曲歌辭七　陳　北魏　北齊　北周

獨酌謠

内殿賦新詩　陳江摠　一首　下同

燕燕于飛

姬人怨　補

姬人怨服散篇　補

蓮調　陳祖孫登　補一首

悲平城　北魏王肅　補一首

悲彭城　北魏祖瑩　補一首

安定侯曲　北魏温子昇　一首

燉煌樂　北魏温子昇　一首　隋王胄　二首

卷第四十

襍曲歌辭八隋

卷第四十二

古謠

晉韓厥引古言　劉子引諺

衛侯引古言　齊晏子引諺

魯謝息引言　鄭子產引古言

子服惠伯引諺　子產引諺

子產引諺　子瑕引諺

范獻子引言　魏子引諺

楚文子引諺　芋尹蓋引言

語

國語

富辰引言　單襄公引言

戰國策



史記

管子

諷桓公

孔子家語

曾子

孟子

齊人有言

說苑

鄒穆公引周諺

列子

楊朱篇引古語　古語

周諺

莊子

野語　古語

荀子

子道篇引古言　大畧篇引民語

魯定公記

古語

阜魚引古語

商君書引語

鄒子

古語

愼子

韓非子

古諺

鬼谷子

古言　　古語

魯仲連子

古諺

魯連子

呂覽

齊鄙人諺

鶡冠子

孔叢子

遺諺

賈誼書

容經篇

劉向別錄

古語

桓譚引諺

桓子新論引諺

牟子

古諺

劉子

古諺

應劭漢官儀引語

師春

古語

韓嬰詩傳

古語

詩疏

水經注引諺

蔣子萬機論

抱朴子

方回山經引相冢書

文選註引古諺

史炤通鑑疏引諺

古諺古語 載籍通引

卷第四十四

襍歌謠辭四

漢歌

卷第四十五

襍歌謡辭五

漢謡

王莽末天水童謠　王莽誅童謠

更始時南陽童謠　後漢時蜀中童謠

城中謠　會稽童謠

又謠　河内謠

順帝末京都童謠　桓帝初小麥童謠

城上烏童謠　桓帝初京都童謠

鄉人謠　任安二謠

又謠　二郡謠

太學中謠

右三君　右八俊

右八顧　右八及
右八厨
桓帝末京都童謡　又謡
桓靈時童謡　又謡
靈帝末京都童謡　羊續謡
京兆謡　獻帝初童謡
獻帝初京都童謡　興平中吳中童謡
建安初荆州童謡　恒農童謡
閻君謡　京師謡
少林謡　石里謡

蕭朱　王陽語

杜陵蔣翁　王君公

幘如屋　拔閣

南陽舊語　竈下養

郭氏語　諺

南陽諺　戴侍中

井大春　馮仲文

賈長頭　諺

俗語　邵伯春

江夏黃童　虞詡引諺

雷陳　作奏

避驄　李德公語

郭君　袁文開

飢人語　時人語

里語　狐渡語

俚語　陳茂語

龐儉　劉太常

楊子行　許叔重

陳君期　奐叔陵

繆文雅　許偉君

卷第四十七

魏

白鶴　諺
語　鴻臚語
州中語　京師語
語　楊阿若
諺　諺
諺　諺
謗書　謗書又
管輅言
吳
王世容歌　彭子陽歌

卷第四十八

襍歌謠辭 八

卷第四十九

雜歌謠辭九南北朝

宋

北魏

北周



隋

卷第五十

卷第五十一

雲林與衆眞吟詩十首

右英王夫人歌　右紫微夫人答英歌

右桐柏山眞人歌　右清靈眞人歌

右中候夫人歌　右昭靈李夫人歌

右九華安妃歌　右太虛南岳眞人歌

右南極紫元夫人歌　右方諸青童君歌

紫微夫人歌又　紫微夫人歌此

四月十四日夕右英夫人吟歌此曲

方諸宮東華上房靈妃歌曲

太微玄清左夫人北停宮中歌曲

卷第五十二

卷第五十二

# 古樂苑前卷

西吴　梅鼎祚　補正

東越　呂胤昌　校閱

## 古歌辭

昔葛天八闋爰乃皇時黃帝雲門理不空綺堯有大唐之詠舜造南風之詩大禹成功九叙惟歌太康敗德五子咸怨其來久矣逮夫漢武崇禮樂府始興自後郊廟燕射悉著篇章諸調鞞舞多被絲筦雖新聲代變厥有繇然今故特錄古歌庸置首簡其他琴曲歌謠後各類次不復繁兹若大塗山歌於候人有娀謠乎飛燕夏甲歎於東陽殷整思于西河凡斯之屬名存辭佚亦具紀焉

### 彈歌

吴越春秋曰越王欲謀復吴范蠡進善射者陳音音楚人也越王請音而問曰孤聞子善射道何所生音曰臣聞弩生于弓弓生於彈彈起于古之孝子不忍見父母爲禽獸

所食故作彈以守之乃歌曰　劉勰云黃歌斷竹質之至也又曰斷竹黃歌乃二言之始

斷竹續竹飛土逐宍續一作屬宍古肉字今吴越春秋作害非

皇娥歌王子年拾遺記曰少昊以金德王母曰皇娥處璇宫而夜織或乘桴木而晝遊經歷窮桑滄茫之浦時有神童容貌絶俗稱爲白帝之子卽太白之精降乎水際與皇娥讌戲並坐撫桐峯梓瑟皇娥倚瑟而清歌云云白帝子答歌云云及皇娥生少昊號曰窮桑氏

皇娥

天清地曠浩茫茫萬象廻薄化無方浛天蕩蕩望滄滄乘桴輕漾著日傍當期何所至窮桑心知和樂悅未央

白帝子歌

白帝子

四維八埏眇難極驅光逐影窮水域璇宫夜靜當軒織

桐峰文梓千尋直伐梓作器成琴瑟清歌流暢樂難極

滄湄海浦來棲息楊慎云拾遺記全無憑證直構虛空首謂少昊母有桑中之行猶爲悖亂

被衣歌莊子曰齧缺問道乎被衣被衣曰若正汝形一汝視天和將至攝汝知一汝度神將來舍神將爲汝美道將爲汝居汝瞳焉如新生之犢而無求其故其言未卒齧缺睡寐被衣大說行歌而去之

被衣

形若槁骸心若死灰眞其實知不以故自持媒媒晦晦

無心而不可與謀彼何人哉謀叶蒲杯反哉叶戕西反故事也物不入於心故曰不以故自持媒媒晦晦芒忽無見也

箕山歌古今樂錄曰許由者古之貞固之士也堯時爲布衣以清節約聞於堯堯乃遣使禪爲天子由喟然歎曰匹夫結志固如磐石採山飲河所以養性非以貪天下也堯既

殂落乃作箕山之歌博物志曰司馬遷云無堯以天下讓許由事楊雄亦云誇大者爲之

## 許由

登彼箕山兮瞻望天下山川麗崎萬物還普日月運照靡不記睹遊放其間何所却慮歎彼唐堯獨自愁苦勞心九州憂勤后土謂予欽明傳禪易祖我樂何如蓋不盼顧河水流兮緣高山甘瓜施兮葉緜蠻高林肅兮相錯連居此之處傲堯君下古音虎慮山蠻君並叶

## 賡歌

三章　虞書帝庸作歌曰勅天之命惟時惟幾乃歌曰云云皐陶拜手稽首颺言曰念哉率作興事愼乃憲欽哉屢省乃成欽哉乃賡載歌曰云云皐陶又歌曰云云　史記勅天之命二句作歌乃者繼事之辭歌巳復歌曰乃

虞舜

股肱喜哉元首起哉百工熙哉

皐陶歌

元首明哉股肱良哉庶事康哉

元首叢脞哉股肱惰哉萬事墮哉

卿雲歌 三章

樂府集載尚書大傳曰舜將禪禹於是俊乂百工相和而歌卿雲帝唱之八伯咸進稽首而和帝乃再歌尚書大傳曰維五祀奏鐘石論人聲乃及鳥獸咸變於前秋養耆老春食孤子乃浡然招樂興於大麓之野報事還歸一年譈然乃作大唐之歌歌者二年昭然乃知乎王世明有不世之義招爲賓客而雍爲主人始奏肆夏納以孝成舜爲賓客而禹爲主人樂正進贊曰尚考大室之義唐爲虞賓至今衍於四海成禹之變垂於萬世之後帝乃唱之曰云云八伯咸進稽首曰云云帝乃載歌曰云云於時八風循

道卿雲叢蔓蟠龍憤信於其藏蛟龍躍踊於其淵龜龍咸出於其穴遷虞而事夏也史記天官書曰若煙非煙若雲非雲郁郁紛紛蕭索輪囷是謂慶雲益和氣也舜時有之故美之而作歌

虞舜

卿雲爛兮糺縵縵兮日月光華旦復旦兮（糺諸本作禮誤復一作或）

八伯歌

明明上天爛然星陳日月光華弘于一人（天叶弘于樂書作宏予）

帝載歌

日月有常星辰有行四時順經萬姓允誠於予論樂配天之靈遷于賢善莫不咸聽鼚乎鼓之軒乎舞之菁華已竭褰裳去之（行經誠靈聽並叶善一作聖去叶上聲）

## 候人歌

呂氏春秋曰禹行功見塗山之女禹未之遇而巡省南土塗山氏之女乃令其妾待禹於塗山之陽女乃作歌曰

塗山氏

候人兮猗

## 塗山歌

吳越春秋曰禹年三十未娶行塗山恐時之暮失其度制乃辭云吾娶也必有應矣乃有白狐九尾造於禹禹曰白者吾之服也九尾者王之證也於是塗山之人歌之禹因娶塗山謂之女嬌呂氏春秋曰禹年三十未娶行塗山有白狐九尾造禹塗山人歌曰綏綏白狐九尾龐龐成子家室乃都攸昌禹遂娶之

綏綏白狐九尾龐龐我家嘉夷來賓爲王成子室家我都攸昌天人之際於茲則行明矣哉

成子室家我都攸昌一作成家成室我造彼昌行明並叶

五子歌五章　夏書太康尸位以逸豫滅厥德黎民咸貳乃盤游無度畋于有洛之表有窮后羿因民弗忍距于河厥弟五人御其母以從徯于洛之汭五子咸怨述大禹之戒以作歌

夏五子

皇祖有訓民可近不可下民惟邦本本固邦寧予視天下愚夫愚婦一能勝予一人三失怨豈在明不見是圖予臨兆民懍乎若朽索之馭六馬爲人上者奈何不敬

訓有之內作色荒外作禽荒甘酒嗜音峻宇雕墻有一于此未或不亡

惟彼陶唐有此冀方今失厥道亂其紀綱乃底滅亡　楊慎云左傳引川書五子之歌有此冀方今失其行其行今文作厥道按以古文衍從行中人又音道后鼓文我水既靜

伐衍既平五子歌以衍叶方綱當從平音道路之行如景行字作衍人之雁行足行當作斯見龜筴傳陳耀文正揚云龜筴傳聖人剖其心壯士斬其胻注胻音衡脚脛也亦非斯字胻可直謂之行乎

明明我祖萬邦之君有典有則貽厥子孫關石和鈞王府則有荒墜厥緒覆宗絶祀孫叶祀叶養里反

嗚呼曷歸予懷之悲萬姓仇予予將疇依鬱陶乎予心顔厚有忸怩弗愼厥德雖悔可追

## 炮烙歌

符子曰桀觀炮烙於瑤臺謂龍逢曰樂乎龍逢曰樂又曰觀刑樂乎龍逢曰天下苦之而君爲樂臣觀君晃非晃也晃危石也臣觀君履非履也履春氷也未有冠危石而不壓履春氷而不陷者桀歎曰子知我之亾而不自知其亡子就炮烙之刑吾觀子亡我不亡龍行歌曰

關龍逢

造化勞我以生休我以炮烙乎路史辯云夫危石春氷言之不倫顧豈逢之語而炮烙之事孜之書則紂之行不聞其爲桀也吾不敢盡信

哀慕歌古今樂錄曰周太伯者太王之長子也太王有子三人太伯虞仲季歷季歷之子昌即文王也太王寢疾欲傳季歷以及昌於是太伯與虞仲去被髪文身託爲王採藥後聞太王卒還犇喪哭於門示夷狄之人不得入王庭季歷謂太伯長子也當立垂涕而留之終不肯止遂委而去適於吳季歷作哀慕之章 周季歷

先王既殂長霣冥都哀喪腹心未寫中懷追念伯仲我季如何梧桐萋萋生于道周宮館徘徊臺閣既除何爲遠去使此空虛支骨離別垂思南隅瞻望荊越涕淚交流伯兮仲兮逝肯來遊自非二人誰訴此憂霣音允懷音稟衝波

傳人知其一不知其他子生三年然後免於父母之懷周淳于切三國志李典表孔明闘文漢高歸魂于豐沛太公五世而反周想魍魎之彷彿冀形嚮之有餘館風雅逸篇作舒云舒古榭字一作觀

**夢歌** 一作瓊瑰歌左傳曰聲伯夢涉洹或與已瓊瑰食之泣而爲瓊瑰盈其懷從而歌之云云懼不敢占也還自鄭至於貍脈而占之曰余恐死故不敢占今衆繁而從余三年矣無傷也言之之暮而卒

魯聲伯

**濟洹之水贈我以瓊瑰歸乎歸乎瓊瑰盈吾懷乎** 懷叶

**去魯歌** 一作師已歌史記曰孔子相魯齊人遺女樂季桓子受之三日不聽政郊又不致膰俎於大夫孔子遂行宿乎屯而師已送曰夫子則非罪孔子曰吾歌可夫歌曰云云桓子聞之曰夫子罪我以羣婢故也史記仲尼正樂以誘世作五章以刺時索隱曰優哉遊哉聊以卒歲此五章之次楊愼云楊子五百篇孔子因女樂去魯曰不聽政諫不用雅

噫注雉噫猶歌歎之聲梁鴻五噫之類琴操彼婦云云此即雉噫之歌也衝波傳云云楊子所云雉噫者指此唐人碑文聆鳳哀於南楚歌雉噫於東魯亦用楊子

魯孔子下同

彼婦之口可以出走彼婦之謁可以死敗蓋優哉游哉維以卒歲敗叶蒲昧反家語無蓋字維家語作聊王肅曰言婦人之口請謁足以憂使人死敗故可以出走也仕不遇故且優游以終歲

衝波傳曰孔子相魯齊人懼而欲敗其政選齊國好女八十人皆衣文衣而舞容璣季桓子語魯君爲周道游館孔子乃行覩雉之飛鳴歎曰山梁雌雉時哉時哉色斯舉矣翔而後集因爲雉噫之歌曰

彼婦之叩可以出奏彼婦之謁可以死兆優哉游哉聊

以卒歲

楚聘歌 一作大道歌孔叢子曰楚王使使奉金幣聘夫子宰予冉有曰夫子之道至是行矣遂請見問曰太公勤身苦志八十而遇文王孰與許由之賢子曰許由獨善其身者也太公兼利天下者也然今世無文王雖有太公孰能識之乃歌曰 楚昭王

大道隱兮禮爲基賢人竄兮將待時天下如一兮欲何之

丘陵歌 陸賈新語作丘公陵歌孔叢子曰哀公使以幣如衛迎夫子而不能賞故夫子作丘陵之歌註言魯主之道難且險若丘陵然故作是歌以託意

登彼丘陵峛崺其阪仁道在邇求之若遠遂迷不復自嬰屯蹇喟然迴慮題彼泰山鬱確其高梁甫迴連枳棘

亢路陟之無緣將伐無柯患茲蔓延惟以永歎涕霣潺湲剡巃崎嶇也丘陵既高且險其阪又崎嶇相屬丘陵謂王室也阪指諸侯題顧也泰山謂魯也言歷諸國既無所用復顧魯巒確其高言公室既巒確而險大夫又亂如枳棘欲伐去又無斧柯梁甫太山之下小山指三桓也邇一作近

## 蟪蛄歌

詩含神霧曰孔子歌曰云云政尚靜而惡譁也

達山十里蟪蛄之聲猶尚在耳

## 鶬鴰歌

韓詩內傳曰孔子渡江見鶬鴰異之衆莫能名孔子曰嘗聞河上人歌云大戴禮注引韓詩內傳云鶬鴰胎生孔子渡江見而異之白澤圖云昔孔子子夏所見故歌之其頭九首今呼爲九頭鳥也文選江賦龍鯉一角奇鶬九頭注劉駒駼玄恨賦云一足之夔九頭之鶬酉陽襍俎云白澤圖謂之鶬鸝帝鵠書謂之逆鶬裴瑜所註爾雅言鶬麋鴰

是九頭鳥也小說周公居東周惡聞此鳥命庭氏射之血其一首餘猶九首按孔子鶬歌逆毛鶬兮一身九尾長兮只言九尾不言九頭

鴰兮鶬兮逆毛衰兮一身九尾長兮

衝波傳有鳥九尾孔子與子夏見之人以問孔子曰鶬也子夏曰何以知之孔子曰河上之歌云

鶬兮鴰兮逆毛衰兮一身九尾長兮

孤鸛歌 類要曰孔子遊于隅山見取薪而哭長梓上有孤鸛乃承而歌之

鵷彼鳴鸛在巖山之陰叶其淹反

獲麟歌 孔叢子曰叔孫氏之車子鉏商樵於野而獲麟焉衆莫之識以爲不祥棄之五父之衢冉有告曰麕身而肉角豈天之妖乎夫子往觀焉泣曰麟也麟出而死吾道窮矣

乃歌云

唐虞世兮麟鳳遊今非其時來何求麟兮麟兮我心憂

## 原壤歌

禮記檀弓曰孔子之故人曰原壤其母死夫子助之沐槨原壤登木曰久矣予之不託於音也歌曰云云夫子爲弗聞也而過之或曰此卽射義所謂貍首逸詩也

貍首之斑然執女手之卷然

貍首之斑言木文之華也卷與拳同如執女手之拳言沐槨之滑膩也斑叶畢連反

## 曳杖歌

一作夢奠歌亦見家語檀弓曰孔子蚤作負手曳杖消搖於門歌曰云云旣歌而入當戶而坐子貢聞之曰泰山其頹則吾將安仰梁木其壞哲人其萎則吾將安放遂趨而入夫子曰予疇昔之夜夢奠於兩楹之間夫明王不興而天下其孰能宗予予殆將死也盖寢疾七日而終

泰山其頽乎梁木其壞乎哲人其萎乎壞叶

黃鵠歌 列女傳曰魯陶嬰者陶明之女也少寡養幼孤無强昆弟紡績爲產魯人或聞其義將求焉嬰聞之恐不得免乃作歌明已之不更二庭也魯人聞之遂不敢復求

陶嬰

悲夫黃鵠之早寡兮七年不雙宛頸獨宿兮不與衆同夜半悲鳴兮想其故雄天命早寡兮獨宿何傷寡婦念此兮泣下數行鳴呼哀哉兮死者不可忘飛鳥尚然兮況於貞良雖有賢雄兮終不同行雙行並叶

烏鵲歌 韓憑戰國時爲宋康王舍人妻何氏美王欲之捕舍人築青陵臺何氏作烏鵲歌以見志遂自縊死二首見彤管集一作青陵臺歌見九域志止前一首

宋韓憑妻何氏

南山有烏北山張羅烏自高飛羅當奈何

烏鵲雙飛不樂鳳皇妾是庶人不樂宋王

答夫歌

其雨淫淫河大水深日出當心康王得書以問蘇賀賀曰雨淫淫愁且思也河水深不得往來也日當心有死志也俄而憑自殺妻亦死

飯牛歌

淮南子曰甯越欲干齊桓公困窮無以自達於是爲商旅將任車以商於齊莫宿於郭門外桓公郊迎客夜開門辟任車爝火甚衆越飯牛車下擊牛角而疾商歌桓公聞之曰異哉非常人也命後車載之因授以政越一作戚蜩笑外稿云此歌不類春秋時人語蓋後世所擬者高誘註呂氏春秋謂戚所歌乃詩碩鼠之辭雖未見所據亦可驗南

山白石之歌誘未之見也然其辭亦激烈足以動人齊甯戚

南山矸白石爛生不逢堯與舜禪短布單衣適至骭從昏飯牛薄夜半長夜漫漫何時旦矸音岸叶魚戰反爛叶郎甸反骭音幹叶同矸半叶彼卷反旦叶都卷反

滄浪之水白石粲中有鯉魚長尺半弊布單衣裁至骭清朝飯牛至夜半黃犢上阪且休息吾將捨汝相齊國出東門兮厲石斑上有松柏青且蘭麤布衣兮緼縷時不遇兮堯舜主牛兮努力食細草大臣在爾側吾當與爾適楚國草叶䏘五反此首見劉向別錄　楊慎云甯戚飯牛歌康浪之水白石爛康浪水在今山東見一統志可考樂府誤作滄浪之水滄在楚與齊何涉駱賓王文云觀梁父之曲識臥龍於孔明聽康浪之

歌得飯牛於甯戚此可以證近刻駱集又妄改康浪作康衢自是堯時事

## 狐裘歌

一作狐裘詩左傳晉侯使士蔿爲二公子築蒲與屈不愼置薪焉夷吾訴之公使讓之士蔿對曰臣聞之無喪而慼憂必讎焉無戎而城讎必保焉寇讎之保又何愼焉詩曰懷德惟寧宗子維城君其脩德而固宗子何城如之三年將尋師焉焉用愼退而賦曰

晉士蔿

狐裘尨茸一國三公吾誰適從 尨茸亂貌言貴服多也公與二子爲三適專主也言城不堅則爲公子所訴爲公所讓堅之則爲固讎不忠故不知所從

## 暇豫歌

國語曰晉優施通于驪姬姬欲害申生而難里克優施乃飲里克酒中飲優施起舞曰云云里克笑曰何謂菀何謂枯優施曰其母爲夫人其子爲君可不謂菀乎其母旣死其子又有謗可不謂枯乎枯且有傷里克懼乃定中立之計

優施

暇豫之吾吾不如烏烏人皆集於菀己獨集於枯暇閑豫樂也吾吾不敢自親之貌言里克欲爲暇豫事君之道反不敢自親吾吾然其智曾不如烏烏菀茂木也己里克也喻人皆與奚齊克獨與申生也吾讀如魚

舟之僑歌說苑曰晉文公出亡舟之僑去虞而從焉文公反國擢可爵者而爵之擢可祿者而祿之舟之僑獨不與文公酌諸大夫酒酒酣文公曰二三子盍爲寡人賦乎僑曰君子爲賦小人請陳其辭遂歷階而去文公求之不得舟之僑

有龍矯矯頃失其所一蛇從之周流天下龍反其淵安寧其處一蛇耆乾獨不得其所此與介子推事同

河激歌列女傳曰女娟者趙河津吏之女也簡子南擊楚津吏醉臥不能渡簡子怒欲

緩之娟懼持檝走前曰願以微軀易父之死簡子遂釋不誅將渡用檝者少一人娟攘拳操檝而請簡子遂與渡中流爲簡子發河激之歌簡子歸納爲夫人

女娟

升彼河兮而觀清水揚波兮冐冥冥禱求福兮醉不醒誅將加兮妾心驚罰旣釋兮瀆乃清妾持檝兮操其維蛟龍助兮主將歸呼來櫂兮行勿疑

優孟歌

史記滑稽傳楚相孫叔敖病且死屬其子曰若貧困若往見優孟居數年其子窮困負薪逢優孟曰我孫叔敖子也父死時屬我貧困往見優孟孟卽爲孫叔敖衣冠抵掌談語歲餘像孫叔敖楚王置酒優孟前爲壽莊王大驚以爲孫叔敖復生也欲以爲相優孟曰楚相不足爲也孫叔敖爲楚相盡忠爲廉王得以伯今死其子貧困負薪以自飲

食必如孫叔敖不如自殺因歌曰云云莊王乃召孫叔敖子而封之寢丘

## 楚優孟

山居耕田苦難以得食起而爲吏貪鄙者餘財不顧恥辱身死家室富又恐受贓枉法爲姦觸大罪身死而家滅貪吏安可爲也念爲廉吏奉法守職竟死不敢爲非廉吏安可爲也

風雅逸篇曰按此無音韻章句而史以爲歌曰不可曉豈當時隱括轉換借歌聲以成之歟史不能述其音但記其義也又曰劉子玄譏此事之妄幻然此傳以滑稽名乃優孟自爲寓言爾

## 忼慨歌

一作楚商歌文章流別孫叔敖碑曰叔敖臨卒將無棺槨令其子曰優孟曾許千金貸吾孟故楚之樂長與相君相善雖言千金實不貸也卒後數幸莊王置酒以爲樂優孟乃言孫君相楚之功即忼慷高歌涕泣數行下若投首王王心感動

覺悟問孟孟具列對卽來其子而加封焉

貪吏而可爲而不可爲廉吏而可爲而不可爲貪吏而不可爲者當時有汙名而可爲者子孫以家成廉吏而可爲者當時有清名而不可爲者子孫困窮被褐而負薪貪吏常苦富廉吏常苦貧獨不見楚相孫叔敖廉潔不受錢貪叶類眠反

申包胥歌吳越春秋曰子胥以吳兵伐楚入郢昭王出奔申包胥乃之秦求救倚哭於秦庭七日七夜口不絕聲哭已歌曰云云桓公大驚曰楚有賢臣若此吳猶欲滅之寡人無臣若斯者其亡無日矣爲賦無衣之詩出師而送之桓當作哀

申包胥

吳爲無道封豕長蛇以食上國欲有天下政從楚起寡君出在草澤使來告急澤叶直扢反左傳亦載不云歌

## 漁父歌

一作渡伍員歌吳越春秋曰伍子胥逃楚與楚太子建奔鄭晉頃公欲因太子謀鄭鄭知之殺太子建伍員奔吳追者在後至江江中有漁父子胥呼之漁父欲渡因歌曰云云子胥止蘆之漪漁父又歌曰云云既渡漁父視之有饑色曰爲子取餉漁父去子胥疑之乃潛深葦之中父來持麥飯鮑魚羹盎漿求之不見因歌而呼之曰云云子胥出飲食畢解百金之劍以贈漁父不受問其姓名不荅子胥誡漁父曰掩子之盎漿無令其露漁父諾胥行數步

漁者覆船自沈於江

## 楚漁父

日月昭昭乎寖已馳與子期乎蘆之漪乎一作兮越絕載漁父歌云日昭昭侵以施與子期甫蘆之碕越絕漁父歌曰昭昭浸以暆暆日斜也遠左東暆縣賈誼賦日斜庚子斜

音移右一

日已夕兮予心憂悲月已馳兮何不渡爲事寖急兮將奈何右二

蘆中人蘆中人豈非窮士乎合上章爲爲韻右三

接輿歌論語楚狂接輿歌而過孔子曰云云列仙傳曰陸通者楚狂接輿也好養生遊諸名山嘗遇孔子而歌　陸通

鳳兮鳳兮何德之衰往者不可諫來者猶可追已而已而今之從政者殆而殆叶養里切

莊子曰孔子適楚楚狂接輿遊其門曰

鳳兮鳳兮何如德之衰也來世不可待往世不可追也

天下有道聖人成焉天下無道聖人生焉方今之時僅免刑焉福輕乎羽莫之知載禍重乎地莫之知避已乎已乎臨人以德殆乎殆乎畫地而趨迷陽迷陽無傷吾行吾行郤曲無傷吾足成謂可以成功生全生而已困學紀聞曰胡明仲云荆楚有草叢生脩條野人呼爲迷陽其膚多刺故曰無傷吾行無傷吾足　羽叶羽羽軌反已止也德叶都木反以德自尊而臨人也趨古音促言自拘束　高士傳所載無傷吾足之後有云山木自寇也膏火自煎也桂可食故伐之漆可用故割之人皆知有用之用而不知無用之用也按此亦不云歌

孺子歌孟子曰有孺子歌曰云云孔子曰小子聽之清斯濯纓濁斯濯足矣自取之也

文章正宗作滄浪歌　孺子

滄浪之水清兮可以濯我纓滄浪之水濁兮可以濯我

足濁叶厨主反　此亦載楚辭漁父我並作吾

混混之水濁可以濯吾足乎泠泠之水清可以濯吾纓乎文子載滄浪歌

王子思歸歌楚之王子質于秦作　王子

洞庭兮木秋涔陽兮草衰去千乘之家國作咸陽之布衣怨錄

越人歌劉向説苑曰鄂君子晳汎舟於新波之中乘青翰之舟張翠蓋會鐘鼓之音畢榜枻越人擁楫而歌於是鄂君乃揄脩袂行而擁之舉繡被而覆之鄂君楚王母弟也

今夕何夕兮搴洲中流今日何日兮得與王子同舟蒙羞被好兮不訾詬耻心幾煩而不絶兮得知王子山有

木兮木有枝心説君兮君不知

庚癸歌　左傳魯哀公十三年公會單平公晉定公吳夫差于黃池吳申叔儀乞糧於公孫有山氏有山氏對曰粱則無矣粗則有之若登首山以呼曰庚癸乎則諾註軍中不得出糧故爲私隱庚西方主穀癸北方主水傳言吳子不與士共饑渴所以取亡也

吳申叔儀

佩玉蘂兮余無所繫之旨酒一盛兮余與褐之父睨之　蘂然服飾備也已獨無以爲繫佩言吳王不恤下一盛一器也褐寒賤之人言但視不得飲睨去聲

河上歌　吳越春秋曰楚白喜奔吳吳王闔閭以爲大夫與謀國事吳大夫被離問子胥曰何見而信喜子胥曰吾之怨與喜同子不聞河上歌乎

同病相憐同憂相捄驚翔之鳥相隨而集瀨下之水因

復俱流胡馬望北風而立越鷰向日而熈誰不愛其所近悲其所思者乎

烏鳶歌 二首吳越春秋曰越王將入吳與諸大夫別於浙江之上羣臣垂泣越王夫人顧烏鵲啄江渚之蝦飛去復來因歌曰

越王夫人

仰飛鳥兮烏鳶淩玄虛兮號翩翩集洲渚兮優恣啄蝦矯翮兮雲間任厥性兮往還妾無罪兮負地有何辜兮譴天颿獨兮西往孰知返兮何年心惙惙兮若割淚泫泫兮雙懸還逐音旋

彼飛鳥兮鳶烏已廻翔兮翕蘇心在專兮素蝦何居食兮江湖徊復翔兮游颺去復返兮於乎始事君兮去家

終我命兮君都終來遇兮何辜離我國兮去吳妻衣褐兮爲婢夫去冕兮爲奴歲遥遥兮難極寃悲痛兮心惻腸千結兮服膺於乎哀兮忘食願我身兮如鳥身翺翔兮矯翼去我國兮心遥情憤惋兮誰識風雅逸篇註曰吳越春秋作於後漢人所載事多不實此歌依託無疑

采葛婦歌吳越春秋曰越王自吳還國勞身苦心懸膽於戶出入嘗之知吳王好服之被體使國中男女入山采葛作黄絲之布以獻之吳王乃增越之封賜羽毛之飭机杖諸侯之服越國大悅采葛之婦傷越王用心之苦乃作若之何詩曰

采葛婦

葛不連蔓棻台台我君心苦命更之嘗膽不苦甘如飴

令我采葛以作絲女工織兮不敢遲弱於羅兮輕霏霏號絺素兮將獻之越王悅兮忘罪除吳王歡兮飛尺書增封益地賜羽奇机杖茵蓐諸侯儀羣臣拜舞天顏舒我王何憂能不移遲一作延除叶魚羈反書叶商之反舒叶同書

若何歌一作采葛婦歌

嘗膽不苦味若飴令我采葛以作絲

離別相去辭吳越春秋曰越王伐吳吳國人各送其子弟於郊境之上作離別相去之辭

躒躁摧長惡兮擢戟馭殳所離不降兮以泄我王氣蘇三軍一飛降兮所向皆殂一士判死兮而當百夫道祐

有德兮吳卒自屠雪我王宿耻兮威振八都軍伍難更兮勢如貔貙行行各努力兮於乎於乎

河梁歌 吳越春秋曰越勾踐既滅吳霸諸侯號令於齊楚秦晉皆輔周室秦厲公不如命勾踐乃選吳越將士西渡河以攻秦秦人懼自引咎越乃還軍軍人悅樂作河梁之詩曰

渡河梁兮渡河梁舉兵所伐攻秦王孟冬十月多雪霜隆寒道路誠難當陳兵未濟秦師降諸侯怖懼皆恐惶聲傳海內威遠邦稱伯穆桓齊楚莊天下安寧壽考長悲去歸兮河無梁降胡江反

彈鋏歌 三章 史記孟嘗君傳馮驩見孟嘗君居傳舍十日孟嘗君問傳舍長曰客何

所爲答曰馮先生甚貧惟有一劍耳又蒯緱彈其劍而歌曰云云孟嘗君遷之幸舍食有魚矣五日又問傳舍長答曰客復彈劍而歌曰云云孟嘗君遷之代舍五日孟嘗君復問傳舍長答曰先生又嘗彈劍而歌曰云云于是孟嘗君不悅

田齊馮驩

長鋏歸來乎食無魚　右一

長鋏歸來乎出無車　右二

長鋏歸來乎無以爲家　右三

楊朱歌　莊子楊朱之友曰季梁疾大漸其子環而泣之請醫季梁謂楊朱曰汝奚不爲我歌以曉之楊朱歌曰云云俄而季梁之疾自瘳

楊朱

天其弗識人胡能覺匪祐自天弗孽由人我乎汝乎其

弗知乎醫乎巫乎其知之乎識叶施灼反

## 引聲歌

古今樂錄曰莊周者齊人也隱於山岳潛王遣使齎金百鎰聘以相位周謝使者去引聲歌曰

莊周

天地之道近在胸臆呼噏精神以養九德渴不求飲饑不索食避世守道志潔如玉卿相之位難可直當巖巖之石幽而清涼枕塊寢處樂在其央寒涼回固可以久長玉叶魚律反 固一作周

## 祠洛水歌

一作秦始皇歌古今樂錄曰秦始皇祠洛水有黑頭公從河中出呼始皇曰來受天之寶乃與羣臣作歌

秦始皇

洛陽之水其色蒼蒼祠祭大澤倏忽南臨洛濱醊禱色

連三光

古樂苑前卷終

# 古樂苑卷第一

西吴　梅鼎祚　補正
東越　吕胤昌　校閲

## 郊廟歌辭

樂記曰王者功成作樂治定制禮是以五帝殊時不相沿樂三王異世不相襲禮明其有損益也然自黄帝以來至於三代千有餘年而其禮樂之備可以考而知者唯周而已周昊天有成命乃郊祀天地之樂歌也清廟祀太廟之樂歌也我將祀明堂之樂歌也載芟良耜藉田社稷之樂歌也然則祭樂之有歌其來尚矣兩漢已後世有制作其所以用於郊廟朝廷以接神人之歡者其金石之響歌舞之容亦各因其功業治亂之所起而本其風俗之所由武帝時詔司馬相如等造郊祀歌詩十九章五郊互奏之又作安世歌詩十七章薦之宗廟至明帝乃分樂爲四品一曰大予樂典郊廟上

陵之樂郊樂者易所謂先王以作樂崇德殷薦上帝宗廟樂者虞書所謂琴瑟以詠祖考來格詩云肅雍和鳴先祖是聽也二曰雅頌樂典六宗社稷之樂社稷樂者詩所謂琴瑟繫鼓以御田祖禮記曰樂施於金石越於音聲用乎宗廟社稷事乎山川鬼神是也永平三年東平王蒼造光武廟登歌一章稱述功德而郊祀同用漢歌魏歌辭不見疑亦用漢辭也武帝始命杜夔創定雅樂時有鄧靜尹商善訓雅歌歌師尹胡能習宗廟郊祀之曲舞師馮肅服養曉知先代諸舞夔總領之魏復先代古樂自夔始也晉武受命百度草創泰始二年詔郊廟明堂禮樂權用魏儀遵周室肇稱殷禮之義但使傳玄改其樂章而已永嘉之亂舊典不存賀循爲太常始有登歌食舉之樂明帝太寧末又詔阮孚增益之至孝武太元之世郊祀遂不設樂宋文帝元嘉中南郊始設登歌廟舞猶闕乃詔顏延之造天地郊登歌三篇大抵依倣晉曲南齊梁陳初皆沿襲後更創制以爲一代之典元魏宇文繼有朔漢宣武已後雅好胡曲郊廟之樂徒有其名隋文平陳始獲江左舊樂乃調五音爲五夏二舞

登歌房中等十四調賓祭用之唐高祖受禪未遑改造樂府尚用前世舊文武德九年乃命祖孝孫脩定雅樂而梁陳盡吳楚之音周齊雜胡戎之伎於是斟酌南北考以古音作爲唐樂

## 漢郊祀歌

漢書禮樂志曰武帝定郊祀之禮祠太一於甘泉就乾位也祭后土於汾陰澤中方丘也乃立樂府采詩夜誦有趙代秦楚之謳以李延年爲協律都尉多舉司馬相如等數十人造爲詩賦畧論律呂以合八音之調作十九章之歌以正月上辛用事甘泉圜丘使童男女七十人倶歌昏祠至明夜常有神光如流星止集於祠壇天子自竹宮而望拜百官侍祠者數百人皆肅然動心焉其餘巡狩福應之事不序郊廟是時河間獻王獻所集雅樂天子下太樂官常存肄之歲時以備數然不常御常御及郊廟皆非雅聲今漢郊廟詩歌未有祖宗之事八音調均又不協于鍾律而內有掖庭材人外有上林樂府皆以鄭聲施于朝廷哀帝即位下詔罷樂府官郊

祭樂及古兵法武樂在經非鄭衛之樂者條奏別屬他官丞相孔光大司空何武奏郊祭樂六十二人給祠南北郊宋書樂志曰漢武頗造新歌然不以光揚祖考崇述正德但多詠祭祀及祥瑞而已今按其首練時日曰靈之來靈之至迎神也帝臨五章歌五帝也泰元三章統頌天地而日出入言人命不能安固武帝願乘黃之徠下如黃帝之升而仙也其後或紀瑞應或祝神釐赤蛟曰禮樂成靈將歸則送神之曲也後代郊祀樂府多倣之大都本騷九歌招魂故其詞幽深峻絕

## 練時日

練時日侯有望焫膋蕭延四方九重開靈之斿垂惠恩鴻祜休靈之車結玄雲駕飛龍羽旄紛靈之下若風馬左倉龍右白虎靈之來神哉沛先以雨般裔裔靈之至

慶陰陰相放怫震澹心靈已坐五音飭虞至旦承靈億
牲薌粟粢盛香尊桂酒賓八鄉靈安留吟青黃徧觀此
眺瑤堂衆嫭竝綽奇麗顏如荼兆逐靡被華文廁霧縠
曳阿錫被珠玉俠嘉夜茝蘭芳澹容與獻嘉觴般與班同放怫音昉弗俠與挾同

帝臨張晏云此后土之歌也土數五故稱數以五坤爲母故稱媼土色黃故稱上黃劉敞云帝指武帝改服色尚黃數用五富媼者由漢以土德王也按青陽四歌則后土當在中壇張說是矣

帝臨中壇四方承宇繩繩意變備得其所清和六合制
數以五海內安寧興文匽武后土富媼昭明三光穆穆

優游嘉服上黄（媪一云當作煴如作煴則坤母之説鑿矣）

## 青陽

（史記樂書曰春歌青陽夏歌朱明秋歌西顥冬歌玄冥四首漢書並云鄒子樂）

青陽開動根荄以遂膏潤并愛跂行畢逮霆聲發榮壛處頃聽枯槀復產迺成厥命衆庶熙熙施及夭胎羣生嘽嘽惟春之祺（頃讀如傾嘽音湛）

## 朱明

朱明盛長旉與萬物桐生茂豫靡有所詘敷華就實既阜既昌登成甫田百鬼廸嘗廣大建祀肅雍不忘神若宥之傳世無疆（顔師古云桐讀爲通劉攽云桐幼穉也）

## 西顥

西顥沆碭秋氣肅殺含秀垂穎續舊不廢姦僞不萌祅孽伏息隅辟越遠四貉咸服既畏兹威惟慕純德附而不驕正心翊翊廢叶音發

玄冥

玄冥陵陰蟄蟲蓋藏屮木零落抵冬降霜易亂除邪革正易俗兆民反本抱素懷樸條理信義望禮五嶽籍斂之時掩收嘉穀

惟泰元漢書禮樂志曰建始元年丞相匡衡奏罷鸞路龍鱗更定詩曰涓選休成

惟泰元尊媼神蕃釐經緯天地作成四時精建日月星辰度理陰陽五行周而復始雲風靁電降甘露雨百姓

蕃滋咸循厥緒繼統共勤順皇之德鸞路龍鱗罔不肸飭嘉籩列陳庶幾宴享滅除凶災烈騰八荒鐘鼓竽笙雲舞翔翔招搖靈旗九夷賓將釐讀如僖共讀如恭享叶音鄉

天地匡衡奏罷黼繡周張更定詩曰肅若舊典

天地竝況惟予有慕爰熙紫壇思求厥路恭承禋祀緼豫爲紛黼繡周張承神至尊千童羅舞成八溢合好效歡虞泰一九歌畢奏斐然殊鳴琴竽瑟會軒朱璆磬金鼓靈其有喜百官濟濟各敬厥事盛牲實俎進聞膏神奄留臨須搖長麗前掞光耀明寒暑不忒況皇章展詩應律琯玉鳴含宮吐角激徵清發梁揚羽申以商造茲

新音永久長聲氣遠條鳳鳥鷁神夕奄虞蓋孔享溢與佾同

軒朱卽朱軒鷁古翔字明章以後叶音

## 日出入

日出入安窮時世不與人同故春非我春夏非我夏秋非我秋冬非我冬泊如四海之池徧觀是耶謂何吾知所樂獨樂六龍六龍之調使我心若訾黃其何不徠下

## 天馬

漢書武帝紀曰元鼎四年秋馬生渥洼水中作天馬之歌禮樂志作元狩三年李棐曰南陽新野有暴利長武帝時遭刑屯田燉煌界數於渥洼水旁見羣野馬中有奇者與凡馬異來飲此水利長先作土偶持勒靽於水傍馬玩習久之代土偶持勒靽收得獻之欲神異之云從水中出也太初四年春貳師將軍李廣利斬大宛王首獲汗血馬來作西

極天馬之歌西域傳曰大宛國多善馬馬汗血言其先天馬子也應劭曰大宛有天馬種蹏蹋石汗血蹋石者謂蹋石而有跡言其蹏堅利汗血者謂汗從前肩髆出如血號一日千里也張騫傳曰漢武帝初發書易曰神馬當從西北來得烏孫馬好名曰天馬及得宛馬汗血益壯更名烏孫馬曰西域馬宛馬曰天馬云史記樂書別有二歌與此小異今載于後

太一況天馬下霑赤汗沫流赭志俶儻精權奇籋浮雲晻上馳體容與迣萬里今安匹龍爲友天馬歌　籋音躡迣音逝古迾字師古云迣與厲同

天馬徠從西極涉流沙九夷服天馬徠出泉水虎脊兩化爲鬼天馬徠歷無草徑千里循東道天馬徠執徐時

將搖舉誰與期天馬徠開遠門竦予身逝昆侖天馬徠龍之媒游閶闔觀玉臺西極天馬歌應劭云辰曰執徐言得天馬時歲在辰也

## 天門

天門開詄蕩蕩穆竝騁以臨饗光夜燭德信著靈浸平而鴻長生豫大朱涂廣夷石爲堂飾玉梢以舞歌體招搖若永望星留俞塞隕光照紫幄珠熉黃幡比狘回集貳雙飛常羊月穆穆以金波日華燿以宣明假清風軋忽激長至重觴神裵徊若留放殣冀親以肆章函蒙祉福常若期寂漻上天知厥時汎汎滇滇從高斿殷勤此路臚所求佻正嘉吉弘以昌休嘉砰隱溢四方專精厲

意逝九閡紛二云六幕浮大海詄讀如迭蓷音觀閡叶音暌

景星一曰寶鼎歌漢書武帝紀曰元鼎四年夏六月得寶鼎后土祠旁作寶鼎之歌禮樂志曰景星元鼎五年得鼎汾陰作

景星顯見信星彪列象載昭庭日親以察叅侔開闓爰推本紀汾脽出鼎皇祜元始五音六律依韋饗昭襍變竝會雅聲遠姚空桑琴瑟結信成四輿遞代八風生殷殷鍾石羽籥鳴河龍供鯉醇犧牲百末旨酒布蘭生泰尊柘漿析朝醒微感心攸通修名周流常羊思所幷穰穰復正直往甯馮蠵切和疏寫平上天布施后土成穰穰豐年四時榮脽音誰甯叶音寧

齊房一曰芝房歌漢書武帝紀曰元封二年夏六月甘泉宮内中産芝九莖連葉作芝房之歌故詔書曰上帝溥臨不異下房賜朕弘休是也禮樂志曰齊房元封二年芝生甘泉齊房作古辭別有靈芝歌一首載後

齊房産草九莖連葉宮童效異披圖按諜玄氣之精回復此都蔓蔓日茂芝成靈華

后皇

后皇嘉壇立玄黃服物發冀州兆蒙祉福沇沇四塞徦狄合處經營萬億咸遂厥宇沇音兗徦即遐

華爗爗

華爗爗固靈根神之斿過天門上千乘敦昆侖神之出

排玉房周流雜拔蘭堂神之行旌容容騎沓沓般從從神之徠泛翊翊甘露降慶雲集神之揄臨壇宇九疑賓夔龍舞神安坐鴹吉時共翊翊合所思神嘉虞申貳觴福滂洋邁延長沛施祐汾之阿揚金光橫泰河莽若雲增揚波徧臚驩騰天歌敦讀如屯

五神

五神相包四鄰土地廣揚浮雲扢嘉壇椒蘭芳璧玉精垂華光益億年美始興交於神若有承廣宣延咸畢觴靈輿位偃蹇驤卉汨臚析奚遝淫淥澤洋然歸

朝隴首一曰白麟歌漢書武帝紀曰元狩元年冬十月行幸雍獲白麟作

朝隴首覽西垠靁電尞獲白麟爰五止顯黃德圖匈虐熏鬻殛闢流離抑不詳賓百僚山河饗掩回轅鬗長馳騰雨師灑路陂流星隕感惟風籋歸雲撫懷心尞古燎字

象載瑜一曰赤鴈歌漢書禮樂志曰太始三年行幸東海獲赤鴈作

象載瑜白集西食甘露飲榮泉赤鴈集六紛員殊翁襍五采文神所見施祉福登蓬萊結無極西叶音先

赤鮫

赤鮫綏黃華蓋露夜零晝晻濭百君禮六龍位勺椒漿靈已醉靈既享錫吉祥芒芒極降嘉觴靈殷殷爛揚光延壽命永未央杳冥冥塞六合澤汪濊輯萬國靈禠禠

象輿轙票然逝旗逶蛇禮樂成靈將歸託玄德長無衰

## 太一歌

史記樂書曰武帝得神馬渥洼水中次以為太一之歌後伐大宛得千里馬馬名蒲梢次作以為歌中尉汲黯進曰凡王者作樂上以承祖宗下以化兆民今陛下得馬詩以為歌協於宗廟先帝百姓豈能知其音邪上默然不說

太一貢兮天馬下霑赤汗兮沫流赭騁容與兮跇萬里今安匹兮龍與友

## 蒲梢歌

天馬徠兮從西極經萬里兮歸有德承靈威兮降外國涉流沙兮四夷服

## 靈芝歌

太平御覽作班固郊祀靈芝之歌

古辭

因露寢兮產靈芝象三德兮瑞應圖延壽命兮光此都

配上帝兮象太微參日月兮揚光輝瑞應一作應瑞

# 古樂苑卷第二

西吳　梅鼎祚　補正
東越　呂胤昌　校閱

## 郊廟歌辭　郊祀　晉　宋　齊

### 晉郊祀歌

晉書樂志曰漢自東京大亂絶無金石之樂樂章亾缺不可復知及魏武平荆州獲漢雅樂郎河南杜夔能識舊法以爲軍謀祭酒使創定雅樂時又有散騎侍郎鄧靜尹商善訓雅樂歌師尹胡能歌宗廟郊祀之曲舞師馮肅服養曉知先代諸舞夔悉總領之遠詳經籍近採故事考會古樂始設軒懸鐘磬而黄初中柴玉左延年之徒復以新聲被寵改其聲韻及武帝受命之初百度草創泰始二年詔郊祀明堂禮樂權用魏儀遵周室肇稱殷禮之義但改樂章而已使

傅玄爲之辭云宋書樂志曰晉氏泰始之初傅玄作晉郊廟歌詩三十二篇又建平王宏議宋及東晉太祝惟送神而不迎神或云廟以居神恒如在也不應有郊送之事傅玄有迎神送神歌辭明江左不迎非舊典也

天地五郊夕牲歌　傅玄下同五篇

天命有晉穆穆明明我其夙夜祗事上靈常于時假迄用有成於薦玄牡進夕其牲崇德作樂神祇是聽有晉書作

共

迎送神歌

宣文烝哉日靖四方永言保之夙夜匪康光天之命上帝是皇嘉樂殷薦靈祚景祥神祇降假享福無疆

饗神歌

天祚有晉其命維新受終于魏奄有兆民燕及皇天懷柔百神不顯遺烈之德之純享其玄牡式用肇禋神祇來格福祿是臻兆晉書作黎

時邁其猶昊天子之祐享有晉肇民戴之畏天之威敬授民時丕顯丕承於猶繹思皇極斯建庶績咸熙庶幾夙夜惟晉之祺民晉書作庶 民晉書作人

宣文惟后克配彼天撫寧四海保有康年於乎緝熙肆用靖民爰立典制爰修禮紀作民之極莫匪資始克昌厥後永言保之

前所作天地郊明堂夕牲歌　傅玄下同五篇

皇矣有晉時邁其德受終于天光濟萬國萬國既光神定厥祥虔于郊祀祇事上皇祇事上皇百祿是臻巍巍祖考克配彼天嘉牲匪歆德馨惟饗受天之胙神和四暢祿晉書作福祚晉書作祐神和四暢晉書作神化四方

降神歌

於赫大晉膺天景祥二帝邁德宣茲重光我皇受命奄有萬方郊祀配享禮樂孔章神祇嘉饗祖考是皇克昌厥後保胙無疆

天郊饗神歌

整泰壇祀皇神精氣感百靈賓薀朱火燎芳薪紫煙遊冠青雲神之體靡象形曠無方幽以清神之來光景照聽無聞視無兆神之至舉歆歆靈爽協動余心神之坐同歡娛澤雲翔化風舒嘉樂奏文中聲八音諧神是聽咸潔齊竝芬芳烹牲牷享玉觴神悅饗歆禋祀祐大晉降繁祉胙京邑行四海保天年窮地紀祀晉書作禮遊作起牲牷作牷牲胙作作行作廣

## 地郊饗神歌初學記載一首注後

整泰圻埃皇祇衆神感羣靈儀陰祀設吉禮施夜將極時未移祇之體無形象潛泰幽洞忽荒祇之出薆若有

靈無遠天下毋祇之來遺光景昭若存終冥冥祇之至

舉欣欣舞象德歌成文祇之坐同歡豫澤雨施化雲布

樂八變聲教敷物咸亨祇是娛齊既潔侍者肅玉觴進

咸穆穆享嘉豢歆德馨胙有晉暨羣生溢九壤格天庭

保萬壽延億齡結方丘祇國琛樽既享俎既歆歛檢玉具瘞琮楙百福底自古錫萬壽迄在今

## 明堂饗神歌

經始明堂享祀匪懈於皇烈考光配上帝赫赫上帝既

高既崇聖考是配明德顯融率土敬職萬方來祭常于

時假保胙永世

## 宋郊祀歌

宋書樂志曰文帝元嘉十八年九月有司奏郊宜奏登歌二十二年南郊始設登歌詔御史中丞顏延之造歌詩廟樂尚闕孝建二年九月有司奏前殿中曹郎荀萬秋議謂郊廟宜設備樂竟陵王誕等五十一人並同萬秋議丹陽尹顏竣以郊祀有樂未見明証建平王宏以萬秋謂郊宜有樂事有典據時衆議並同宏祠南郊迎神奏肆夏皇帝初登壇奏登歌初獻奏凱容宣烈之舞送神奏肆夏祠廟迎神奏肆夏皇帝入廟門奏永至皇帝詣東壁奏登歌初獻奏凱容宣烈之舞終獻奏永安送神奏肆夏詔可

## 夕牲歌　　顏延之下同

夤威寶命嚴恭帝祖表海炳岱系唐胄楚靈鑒濬文民屬獻武奄受敷錫宅中拓宇亘地稱皇鑿天作主月窟來賓日際奉土開元首正禮交樂舉六典聯事九官列

亭有牷在滌有潔在俎以薦王衷以答神祜表海炳岱一作炳海表岱

迎送神歌

維聖饗帝維孝饗親皇乎備矣有事上春禮行宗祀敬達郊禋金枝中樹廣樂四陳陟配在京降德在民奔精照夜高燎煬晨陰明浮爍沈熒深淪告成大報受釐元神月御按節星驅扶輪遙輿遠駕矅矅振振饗郭本作養駕郭本作舉

饗神歌

營泰時定天衷思心睿謀筮從建表蕝設郊宮田燭置

爟火通曆元旬律首吉飾紫壇坎列室中星兆六宗秩乾宇晏地區謐大孝昭祭禮供牲日展盛自躬具陳器備禮容形儛綴被歌鐘望帝閽聳神蹕靈之來辰光溢潔粢酌娛太一明輝夜華晳日祼旣始獻又終煙薌鬯報清穹饗宋德胙王功休命永福履充

## 明堂歌

南齊書樂志曰明堂祠五帝漢郊祀歌皆四言宋孝武使謝莊造辭莊依五行數木用三火用七土用五金用九水用六按鴻範五行一水二火三木四金五土五月令木八火七土五金九水六蔡邕云東方木三土五故八南方火二土五故七西方金四土五故九北方水一土五故六又納音數一言土三言火五言水七言金九言木若依鴻範木數用三則應水一火二金四也

若依月令金九水六則應木八火七也當以鴻範一二之數言不成文故有取捨而使兩義並違未詳以數立文爲何依據

## 迎神歌

宋書樂志曰迎送神歌依漢郊祀三言四句一轉韻

謝莊 下同

地紐謚乾樞回華蓋動紫微開旌蔽日車若雲駕六氣乘絪緼曄帝京輝天邑聖祖降五靈集構瑤戺聳珠簾漢拂幌月棲檐舞綴暢鍾石融駐飛景鬱行風懋粢盛潔牲牷百禮肅羣司虔皇德遠大孝昌貫九幽洞三光神之安解玉鑾景福至萬寓歡 氣郭本作龍

## 登歌

舊四言詩

雍臺辨朔澤宮練辰潔火夕照明水朝陳六瑚賁室八羽華庭昭事先聖懷濡上靈肆夏戒敬升歌發德永固鴻基以綏萬國（辰郭本作服誤）

歌太祖文皇帝（依周頌體齊書樂志曰周頌我將祀文王言皆四其一句五一句七莊歌太祖亦無定句）

維天爲大維聖祖是則辰居萬寓綴旒下國內靈八輔外光四瀛蕎宮仰蓋日館希旌複殿留景重檐結風刮楹接緯達霤承虹設業設簴在王庭肇禋祀克配乎靈我將我享維孟之春以孝以敬以立我烝民

歌青帝（三言依木數）

參映夕駟照晨靈乘震司青春鴈將向桐始蕤柔風舞暄光遲萌動達萬品新潤無際澤無垠

歌赤帝 七言依火數

龍精初見大火中朱光北至圭景同帝在在離寔司衡水雨方降木槿榮庶物盛長咸殷阜恩覃四冥被九有

歌黃帝 五言依土數

履艮宅中寓司繩御四方裁化遍寒燠布政周炎涼景麗條可結霜明冰可折凱風扇朱辰白雲流素節分至乘結晷啓閉集恒度帝運緝萬有皇靈澄國步 御一作總結一作浮

歌白帝 九言依金數

百川如鏡天地爽且明雲沖氣舉德盛在素精木葉初下洞庭始揚波夜光徹地翻霜照懸河庶類收成歲功行欲寧浹地奉渥罄宇承秋靈 秋一作帝

歌黑帝 六言依水數

歲月既宴方馳靈乘坎德司規玄雲合晦鳥路白雲繁亘天涯雷在地時未光飾國典閉關梁四節遍萬物殿福九域祚八鄉晨晷促夕漏延太陰極微陽宣鵲將巢冰已解氣濡水風動泉 鳥一作歸 雲一作雪

送神歌 依漢郊祀送神亦三言即赤蛟也

蘊禮容餘樂度靈方留景欲暮開九重肅五達鳳參差
龍已沫雲旣動河旣梁萬里照四空香神之車歸清都
琁庭寂玉殿虛睿化凝孝風熾顧靈心結皇思

## 齊南郊樂歌辭

南齊書樂志曰武帝建元二年有司奏郊廟雅樂歌辭舊使學士博士撰搜簡採用請勑外凡義學者普令製立參議太廟登歌宜用司徒褚淵餘悉用黄門郎謝超宗辭超宗所撰多删顔延之謝莊辭以爲新曲備改樂名永明二年太子步兵校尉伏曼容上表宜集英儒删纂雅樂詔付外詳竟不行永明二年又詔王儉造太廟二室及郊配辭隋書樂志曰梁天監初北中郎司馬何佟之上言按周禮王出入則奏王夏尸出入則奏肆夏牲出入則奏昭夏今樂府之夏唯變王夏爲皇夏蓋緣秦漢已來稱皇故也而齊氏仍宋儀注迎神奏昭夏皇帝出入奏永至

牲出入更奏引牲之樂其爲舛謬莫斯之甚又曰陳文帝天嘉五年詔尚書左丞劉平儀曹郎張崔定南北郊及明堂儀注改所用齊樂以韶爲名餘詳志中

肅咸樂 羣臣出入奏　謝超宗 下同

夤承寶命嚴恭帝緒奄受敷錫升中拓宇亘地稱皇鑿天作主月域來賓日際奉土開元首正禮交樂舉六典聯事九官列序 顏延之夕牲歌删定此下除四句皆顏辭

引牲樂 牲出入奏

皇乎敬矣恭事上靈昭教國祀肅肅明明有牲在滌有潔在組以薦王衷以答神祜陟配在京降德在民奔精望夜高燎佇晨 顏延之夕牲歌合迎送神歌删定

嘉薦樂 薦豆呈毛血奏

我恭我享惟孟之春以孝以敬立我烝民青壇奄靄翠幙端凝嘉俎重薦兼籍再升設業設簴展容玉庭肇禋配祀克對上靈 謝莊歌太祖辭增損 右夕牲歌並重奏

昭夏樂 迎神奏

惟聖饗帝惟孝饗親禮行宗祀敬達郊禋金枝中樹廣樂四陳月御案節星驅扶輪遙興遠駕曜曜振振告成大報受釐元神 延之迎送神歌删定

永至樂 皇帝入壇東門奏

紫壇望靈翠幙佇神率天奉贄罄地來賓神貺並介泯

祇合祉恭昭鑒享肅光孝祀威鷁四靈洞曜三光皇德

全被大禮流昌

登歌皇帝升壇奏

報惟事天祭實尊靈史正嘉兆神宅崇禎五時昭鬯六

宗彞序介丘望塵皇軒肅舉

文德宣烈樂皇帝初獻奏

營泰畤定天衷思心緒謀筮從田燭置爟火通大孝昭

國禮融延之饗神歌删定

武德宣烈樂次奏

功燭上宙德耀中天風移九域禮飾八埏四靈晨炳五

緯宵明膺曆締運道茂前聲

高德宣烈樂 太祖高皇帝配饗奏此章永明二年造尚書令王儉辭

王儉

饗帝嚴親則天光大爲奕前古榮鏡無外日月宣華卿雲流靄五漢同休六幽咸泰

嘉胙樂 皇帝飲福酒奏

謝超宗

鬯嘉禮承休錫感德符景緯昌華應帝策聖藹耀昌基融祉暉世曆聲正涵月軌書文騰日迹寶瑞昭神圖靈貺流瑞液我皇崇暉祚重芬冠往籍 騰一作同

昭夏樂 送神奏

薦饗洽禮樂該神娛展辰旆回洞雲路拂琁階紫雰靄
青霄開瞻皇都顧玉臺留昌德結聖懷

昭遠樂皇帝就燎位奏

天以德降帝以禮報牲尊俯陳柴幣仰燎事展司采敬
達瑄鄉烟贄青昊震颷紫塲陳馨示策肅志宗禮禮非
物備福唯誠陳

休成樂皇帝還便殿奏

昭事上祀饗薦具陳廻鑾轉翠拂景翔宸綴縣數暢鍾
石昭融羽炫深跸籥蹬行風肆序輟度肅禮停文四金
聳衛六馭齊輪

附

江淹造三章正史及本集郭氏樂府並不載按齊永明初嘗詔淹造籍田歌且齊郊祀有宣烈之樂梁樂無是詩紀云未詳所用今按辭中薦通蒼祇裒崇配天之語爲南郊近是

牲出入歌辭 並見初學記 江淹 下同

祝詳史具禮備樂薦有牲在陳有鼓在縣騰燭象星奔水類電郊燎夙戒駜彼乘駽以伺質明以伸神宴

薦豆呈毛血歌辭

時恭時祀有物有則伊我上聖實抱明德犧象交陳鬱樽四塞黍惟嘉穀酒惟玄默薦通蒼祇慶覃黎黑顧靈之降祚家祐國

奏宣烈之樂歌辭

殷崇配天周尊明祀瑞合汾陰慶同泰畤青幕雲舒丹殷霞起二曜惟新五精告始于以饗之景福是履

北郊樂歌

南齊書樂志曰按周頌昊天有成命郊祀天地也是則周漢以來祭天地皆同辭矣宋顏延之饗地神辭一篇餘與南郊同齊北郊羣臣入奏肅咸牲入奏引牲薦豆呈毛血奏嘉薦皇帝入壇東門奏永至飲福酒奏嘉胙還便殿奏休成辭並與南郊同迎送神昭夏登歌異隋書樂志曰陳初武帝詔求宋齊故事太常卿周弘讓奏曰齊氏承宋咸用元徽舊式宗祀朝饗奏樂俱同唯北郊之禮頗有增益皇帝入壝門奏永至飲福酒奏嘉胙太尉亞獻奏凱容埋牲奏隸幽帝還便殿奏休成衆官並出奏肅成此乃元徽所闕永明六年之所加也唯送神之樂宋孝建

二年秋起居注云奏肆夏永
明中改奏昭夏帝遂依之

昭夏樂 迎地神奏　　謝超宗 下同

詔禮崇營敬饗玄畤靈正丹帷月肅紫墀展薦登華風
縣凝鏘神惟戾止鬱葆遙莊昭望歲芬環游辰太穆哉
尚禮橫光秉謌

登歌 皇帝升壇奏

佇靈敬享禋肅彛文縣動聲儀薦潔牲芬陰祇以貺昭
祀式慶九服熙度六農祥正

地德凱容歌 初獻

繕方丘端國陰掩珪罍仰靈心詔源委遍丘林禮獻物

樂薦音顏延之辭刪定

昭德凱容樂皇帝次奏

慶圖濬邈蘊祥祕瑤俔天炳日嬪光紫霄邦化靈懋闔則風調儷德方儀徽載以昭

昭夏樂送神奏

薦神升享亭榯淹玉俎停金奏寶旆轉旒駕旋溢素景鑾紫蹕靈心顧留宸睠洽外瀛瑞中縣

隷幽樂瘞埋奏

后皇嘉慶定祇玄時承帝休圖祇敷靈祉篚冪周亭軒朱凝會牲幣芬壇精明佇蓋調川瑞昌警嶽祥泰

明堂樂歌

南齊書樂志曰武帝建元初詔黃門郎謝超宗造明堂夕牲等歌并採用莊辭並建元永明中奏其凱容宣烈樂嘉胙樂太廟同用

肅咸樂 賓出入奏二首　謝超宗 下同

彝承孝典恭事嚴聖浹天奉晝䔸壤齊慶司儀具序羽容夙章芬枝揚烈黼構周張助寶奠軒酎珍充庭璆縣凝會琄朱竚聲先期選禮肅若有承祗對靈祉皇慶昭膺

尊事威儀輝容昭序迅恭明神潔盛牲俎肅肅嚴宮藹藹崇基皇靈降止百祇具司戒成望夜端烈承朝依微

昭旦物色輕霄並宋殷淡章聖廟肅咸樂末除四句南齊書未注明

引牲樂牲出入

惟誠潔饗惟孝尊靈敬芳黍稷敬滌犧牲騂繭在豢載溢載豐以承宗祀以肅皇衷蕭芳四舉華火周傳神鑒孔昭嘉足登牷宋殷淡章聖廟引神樂

嘉薦樂薦豆呈毛血奏二首

肇禋戒祀禮容咸舉六典飾文九司炤序牲柔旣昭犧剛旣陳恭滌惟清敬事惟神加籩再御兼俎重薦節動軒越聲流金縣

奕奕閟幄亹亹嚴閣潔誠夕鑒端服晨暉聖靈戻止翊

我皇則上綏四寓下洋萬國永言孝饗孝饗有容僾僚

贊列肅肅雍雍並宋殷淡章聖廟嘉薦樂

昭夏樂迎神奏

地紐謐乾樞回華蓋動紫微開旌蔽日車若雲駕六龍

寨煙熅燁帝景燿天邑聖祖降五雲集懋粢盛潔牲牷

百禮肅羣司虔皇德遠大孝昌貫九幽洞三光神之安

解玉鑾景福至萬寓歡刪謝莊辭

登歌皇帝升明堂奏

雍臺辨朔澤宮選辰潔火夕炤明水朝陳六瑚貢室八

羽華庭昭事先聖懷濡上靈肆夏式敬升歌發德永固

洪基以綏萬國並謝莊辭

凱容宣烈樂初獻奏

釃醴具登嘉俎咸薦饗洽誠陳禮周樂徧祝辭罷祼序容輟縣蹕動端庭鑾回嚴殿神儀駐景華漢亭虛八靈案衞三祇解遂翠蓋耀澄暈締凝晨玉鑣息節金軺懷音式誠達孝底心肅感追憑皇鑒思承淵範神錫懋祉四緯昭明仰福帝徽俯齊庶生殷淡辭式一作戒

青帝歌

參映夕駟昭晨靈乘震司青春鴈將向桐始蕤和風舞暄光遲萌動達萬品親潤無際澤無垠謝莊辭改柔爲和

赤帝歌

龍精初見大火中朱光北至圭景同帝在在離寔司衡雨水方降木槿榮庶物盛長咸殷阜恩澤四溟被九有謝莊辭改恩厚四句

黃帝歌

履良宅中宇司繩總四方裁化徧寒燠布政司炎涼至分棄經晷閉啓集恒度帝暉緝萬有皇靈澄國步謝莊辭刪中四句

白帝歌

百川若鏡天地爽且明雲沖氣舉盛德在素精庶類收

成歲功行欲寧浹地奉渥馨宇承帝靈 謝莊辭刪中四句

黑帝歌

歲既暮日方馳靈棄坎德司規玄雲合晦烏踆白雪繁

亘天涯晨晷促夕漏延太陰極微陽宣 刪謝莊辭

嘉胙樂 還東壁受福酒奏大席同用

禮薦洽福胙昌聖皇膺嘉祐帝業凝休祥居極棄景運

宅德瑞中王澄明臨四奧精華延八鄉洞海同聲憓澈

宇麗乾光靈慶纏世祉鴻烈永無疆

昭夏樂 送神奏

蘊禮容餘樂度靈方留景欲暮開九重肅五達鳳參差

龍已沫雲旣動河旣渠萬里照四空香神之車歸青都
琁庭寂玉殿虛鴻化凝孝風熾顧靈心結皇思鴻慶遐
鬯嘉薦令芳翊帝明德永祚深光謝莊辭末增四句

## 雩祭樂歌

南齊書樂志曰建武二年雩祭明堂謝朓造辭一依謝莊唯世祖四言

### 迎神歌依漢郊祀歌三言宋明堂迎神八解　謝朓下同

清明暢禮樂新候龍景練貞辰一解陽律亢陰晷伏耕下
土蓐穡穟二解宸儀警王度乾嗟雲漢望昊天三解張盛樂
奏雲儛集五精延帝祖四解雩有諷禜有秩膋鬯芬圭瓚
毖五解靈之來帝閽開車煜燿吹徘徊六解停龍轙徧觀此

凍雨飛祥雲靡七解壇可臨奠可歆對畛祉鑒皇心八解

歌世祖武皇帝依廟歌四言以下一各分解

濬哲維祖長發其武帝出自震重光御寓七德攸宣九疇咸叙靜難荊衡凝威蠡浦昧旦丕承夕惕刑政化壹車書德馨粢盛昭星夜景非雲曉慶衢室成陰璧水如鏡禮充玉帛樂被匏絃於鑠在詠陟配于天自宮徂兆靡愛牲牷我將我享永祚豐年衡一作舒匏一作管

歌青帝木生數三

營翼日鳥殷宵凝水泮玄蟄昭景陽陽風習習女夷歌東皇集奠春酒秉青圭命田祖渥羣黎

歌赤帝 火成數七

惟此夏德德恢台兩龍在御炎精來火景方中南譌秩靡草云黄含桃實蔟雲蓊鬱温風扇興雨祁祁黍苗徧

歌黄帝 土成數五

宣火自高明毓金挺剛克涼燠資成化羣芳載厚德陽季勾萌達炎徂溽暑融商暮百工止歲極凌陰沖泉流疏已清原隰甸已平咸言祚惟億敦民保高京

歌白帝 金成數九

帝說于兌執矩固司藏百川收潦精景應徂商嘉樹離披榆闢命賓鳥夜月如霜秋風方嫋嫋商陰肅殺萬寶

咸已遒勞哉望歲場功冀可收（徂商集作金方秋作金）

歌黑帝 水成數六

白日短玄夜深招搖轉移太陰霜鐘鳴冥陵起星回天月窮紀聽嚴風來不息望玄雲黝無色曾冰冽積羽幽飛雲至天山側關梁閉方不巡合國吹饗蜡賓統微陽究終始百禮洽萬祚臻

送神歌 三言

敬如在禮將周神之駕不少留躡龍鑣轉金蓋紛上馳雲之外警七曜詔八神排閶闔渡天津有渰興膚寸積雨冥冥又終夕俾棲糧維萬箱皇情暢景命昌

## 籍田樂歌

南齊書樂志曰漢章帝元和元年玄武司馬班固奏用商頌載芟祠先農晉傅玄作祀先農先蠶夕牲歌詩一篇八句迎送神一篇饗社稷先農先聖先蠶歌詩三篇前一篇十二句中一篇十六句後一篇十二句辭皆叙田農事胡道安先農饗神詩一篇並八句樂府相傳舊歌三章永明四年籍田詔驍騎將軍江淹造籍田歌淹製二章不依胡傳世祖口勑付太樂歌之

### 祀先農迎送神升歌

江淹 下同

羽鑾從動金駕時遊教騰義鏡樂綴禮修率先丹耦躬遵綠疇靈之聖之歲殷澤彔

### 饗神歌

[illegible]斝既飾繡簋以陳方燮嘉種永毓霄民

古樂苑卷第二終

# 古樂苑卷第三

西吴　梅鼎祚　補正
東越　吕胤昌　校閲

## 郊廟歌辭 郊祀

梁　北齊　北周　隋

### 梁雅樂歌

隋書樂志曰梁初郊禋宗廟及三朝之樂竝用宋齊元徽永明儀注唯改嘉祚爲永祚又去永至之樂何佟之周捨議按周禮王出入奏王夏大祭祀與朝會同而漢制皇帝在廟奏永至朝會別奏皇夏二樂有異於禮爲乖乃除永至還用皇夏及武帝定國樂竝以雅爲稱取詩序云言天下之事形四方之風謂之雅雅止乎十二則天數也乃至階步之樂增撤食之雅焉其辭竝沈約所製普通中薦蔬之後改諸雅歌勑蕭子雲製辭既無牲牢遂省滌雅牷雅云南史曰

梁初郊廟未革牲牷樂辭皆沈約撰至是承用子雲啓宜改之敕答曰此是主者守株宜急改也仍使子雲撰定敕曰郊廟歌辭應須典誥大語不得雜用子史文章淺言而沈約所撰亦多舛謬子雲作成勑並施用隋書樂志曰梁天監初時議又以爲周禮云若樂六變天神皆降神居上玄去還怳忽降則自至迎則無所可改迎爲降而送依前式又周禮云若樂八變則地祇皆出可得而禮地宜依舊爲迎神從之

皇雅 三曲五言皇帝出入奏隋書樂志曰宋孝建起居注奏永至至是改爲皇雅取詩皇矣上帝臨下有赫也二郊太廟同用 沈約 下同十一首

帝德實廣運車書靡不賓執瑁朝羣后垂旒御百神八荒重譯至萬國婉來親

華蓋拂紫微勾陳繞太一容裔被緹組參差羅罕畢星

回昭以爛天行徐且謐

清蹕朝萬寓端冕臨正陽青絢黃金繶袞衣文繡裳旣散華蟲采復流日月光

滌雅 一曲四言牲出入宋元徽儀注奏引牲至是攺爲滌雅取禮記帝牛必在滌三月也二郊明堂太廟同用

將修盛禮其儀孔熾有腯斯牲國門是置不黎不瘠靡譽靡愆呈肌獻體永言昭事俯休皇德仰綏靈志百福具膺嘉祥允洎駿奔伊在慶覃遐嗣

牷雅 一曲四言薦毛血宋元徽三年儀注奏嘉薦至是攺爲牷雅取春秋左氏傳牲牷肥腯也二郊明堂太廟同用

反本興敬復古昭誠禮容宿設祀事孔明華俎待獻崇碑麗牲充哉薦握肅矣簪纓其膂既啓我豆既盈庖丁遊刃葛盧驗聲多祉攸集景福來幷

誠雅　一曲三言南郊降神用宋元徽儀注奏昭夏至是改爲誠雅取尚書至誠感神也

懷忽慌瞻浩蕩盡誠潔致虔想出杳冥降無象皇情肅具僚仰人禮盛神途敞僾明靈申敬享感蒼極洞玄象

誠雅　一曲三言北郊迎神用

地德溥崑丘峻揚羽翟鼓應輮出尊祇展誠信招海瀆羅嶽鎮惟福祉咸昭晉

誠雅　一曲四言南北郊明堂太廟送神同用

我有明德馨非稷黍牲玉孔備嘉薦惟旅金懸宿設和樂具舉禮達幽明敬行尊俎鼓鐘云送遐福是與

獻雅 一曲四言皇帝飲福酒宋元徽儀注奏嘉胙梁初改爲永胙至是改爲獻雅取禮記祭統尸飲五洗玉爵獻卿今之福酒亦古獻之義也二郊明堂同用

神宮肅肅天儀穆穆禮獻既同膺茲釐福我有馨明無愧史祝

禋雅 一曲四言就燎位用宋元徽儀注奏昭遠就埋位齊永明儀注奏隸幽至是燎埋俱奏禋雅取周禮大宗伯以禋祀祀昊天上帝也

紫宮昭煥太一微玄降臨下土尊高上天載陳珪幣式備牲牷雲孤清引栒虡高懸俯昭象物仰致高煙肅彼

靈祉咸達皇䖍

禋雅 一曲四言 就埋用

盛樂斯舉協徵調宮靈饗慶洽祉積化融八變有序三獻已終坎牲瘞玉酬德報功振垂成呂掞壤生風道無虛致事由感通於皇盛烈比祚華嵩

二郊登歌

隋書樂志曰大戴云清廟之歌懸一磬而尚搏拊在漢之世獨有登歌近代已來始用絲竹舊三朝設樂皆有登歌梁武以爲登歌者頌祖宗功業非元日所奏於是去之後以其說非通復用於嘉慶梁二郊宗廟皇帝初獻及明堂徧歌五帝德並奏登歌又曰南郊舞奏黃鍾取陽始化也北郊舞奏林鍾取陰始化也明堂宗廟所尚者[redacted]蕤賓是爲敬之名復有陰主之義故同

奏焉其南北郊明堂
宗廟之禮加有登歌

南郊登歌二曲三言皇帝初獻奏　沈約

暾既明禮告成惟聖祖主上靈爵已獻罍又盈息羽籥展歌聲僾如在結皇情

禮容盛尊俎列玄酒陳陶匏設獻清旨致虔絜王既升樂已闋降蒼昊垂芳烈

北郊登歌二曲四言皇帝初獻奏　沈約

方壇既埳地祇已出盛典弗愆羣望咸秩乃升乃獻敬成禮卒靈降無兆神饗載謐允矣嘉祚其升如日

至哉坤元實惟厚載躬茲奠饗誠交顯晦或升或降搖

珠動佩德表成物慶流皇代純嘏不諐祺福是賚成物郭作萬物

明堂登歌五曲四言

隋書樂志曰梁天監初明堂設樂大畧與南郊不殊惟壇堂異名而無就燎之位明堂則徧歌五帝其餘同於郊式焉

歌青帝　沈約下同

帝居在震龍德司春開元布澤含和尚仁羣居既散歲云陽止飭農分地民粒惟始雕梁繡栱丹楹玉墀靈威以降百福來綏民隋書作人

歌赤帝

炎光在離火爲威德執禮昭訓持衡受則靡草既凋温
風以至嘉薦惟旅時羞孔備齊緹在堂笙鏞在下匪惟
七百無絕終始

歌黄帝

鬱彼中壇含靈闡化迴環氣象輪無輟駕布德焉在四
序將收音宮數五飯稷驂駵宅屏居中旁臨外宇升爲
帝尊降爲神主

歌白帝

神在秋方帝居西皓允兹金德裁成萬寶鴻來雀化參
見火斜幕無玄鳥菊有黄華載列笙磬式陳彞俎靈罔

常懷惟德是與

歌黑帝

德盛乎水玄冥紀節陰降陽騰氣凝象閟司智莅坎駕
鐵衣玄祁寒拆地晷度迴天悠悠四海駿奔奉職祚我
疆永隆民極 閟隋書作閉 民隋書作人

北齊大禘圜丘歌

隋書樂志曰齊武成時始定四郊宗廟三朝之樂大禘圜丘及北郊並同祀感帝用圜丘樂

肆夏樂 夕牲羣臣入門奏　陸卬等奉詔撰

肇應靈序奄宇黎民乃朝萬國爰徵百神祇展方望幽
顯咸臻禮崇聲協贄列珪陳翼差鱗次端笏垂紳來趨

動色式贊天人民隋書作人笏郭作拱

高明樂迎神奏登歌辭同

惟神鑒矣皇靈肅止圓璧展事成文即始士備八能樂合六變風湊伊雅光華襲薦宸衛騰景靈駕霏煙嚴壇生白綺席凝玄

昭夏樂牲出入竝奏

剛柔設位惟皇配之言肅其禮念暢在茲飭牲舉獸載歌且舞既設伊腯致精靈府物色惟典齋沐加恭宗族咸暨罔不率從

昭夏樂薦毛血奏

展禮上月肅事應時繭栗爲用交暢有期弓矢斯發瓮
簝將事圓神致祀率由先志和以鑾刀臭以血膋至哉
敬矣厥義孔高羣臣出進熟羣臣入並奏肆夏辭同初入

皇夏樂初入進熟皇帝入門奏

帝敬昭宣皇誠肅致玉帛齊軌屏攝咸次三垓上列四
陛旁升龍陳萬騎鳳動千乘神儀天藹晬容離曜金根
停軫奉光先導

皇夏樂皇帝升丘奏壇上登歌辭同

紫壇雲暖紺幄霞褰我其陟止載致其虔百靈竦聽萬
國咸仰人神咫尺玄應肹蠁

高明樂 皇帝初獻奏

上下眷旁午從爵以質獻以恭咸斯暢樂惟雍孝敬闢臨萬邦

高明樂 皇帝奠爵訖奏高明樂覆燾之舞辭

自天子之會昌神道丘陵肅事克光天保九關洞開百靈環列八尊呈備五聲按節

武德樂 皇帝獻太祖配饗神座奏武德之樂昭烈之舞辭

配神登聖主極尊靈敬宣昭燭咸達窅冥禮弘化定樂贊功成穰穰介福下被羣生 皇帝小退當昊天上帝靈座前奏皇夏

皇夏樂 皇帝飲福酒奏

皇心緬且感吉蠲奉至誠赫哉光盛德乾巛詔百靈報福歸昌運承祐播休明風雲馳九域龍蛟躍四溟浮慕呈光氣儷象燭華精濩武方知耻韶夏僅同聲皇帝詣東陛還便座又奏皇夏辭同初入

高明樂送神降丘南陛奏

獻享畢懸佾周神之駕將上遊超斗極絕河流懷萬國寧九州欣帝道心顧留帀上下荷皇休皇帝之望燎位奏皇夏辭同上

昭夏樂紫壇既燎奏

玄黃覆載元首照臨合德致禮有契其心敬申事闋潔誠云報玉帛載升棫樸斯燎寥廓幽曖播以馨香皇靈

惟監降福無疆皇帝自望燎位還本位奏皇夏辭同上　二云一作廿六

皇夏樂皇帝還便殿奏

天大親嚴匪敬伊孝永言肆饗宸明增耀陽丘既暢大典逾光乃安斯息欽若舊章天迴地旋鳴鑾引警且萬且億皇曆惟永羣臣出奏肆夏辭同上

北郊樂歌八首

隋書樂志曰齊北郊迎神奏高明樂登歌辭同薦毛血奏昭夏進熟皇帝入門及升丘並奏皇夏奠爵訖奏高明樂覆燾舞送神降丘南陛奏高明樂既瘞奏昭夏還便殿奏皇夏餘並同南郊按隋書止用北樂合載其文異者即注句下今從郭本分列

高明樂

惟祇監矣皇靈肅止方琮展事卽陰成理土備八能樂合八變風湊伊雅光華龔薦象衛騰景靈駕霏煙嚴壇生白綺席凝玄

昭夏樂

展禮上月肅事應時繭栗爲用交暢有期弓矢斯發瓮簝將事方祇致祀率由先志和以鑾刀臭以血膋至哉敬矣厥義孔高

皇夏樂

帝敬昭宣皇誠肅致玉帛齊軌屏攝咸次重垓上列分陛旁升龍陳萬騎鳳動千乘神儀天藹晬容離曜金根

停軫奉光先導

皇夏樂

層壇雲曖嚴幄霞褰我其陟止載致其虔百靈竦聽萬國咸仰人神咫尺玄應肸蠁

高明樂

自天子之會昌神道方澤祇事克光天保九關洞開百靈環列八尊呈備五聲投節

高明樂

獻享畢懸佾周神之駕將下遊超荒極憩崑丘懷萬國寧九州欣帝道心顧留帀上下荷皇休

昭夏樂

玄黃覆載元首照臨合德致禮有契其心敬申事閟潔誠云報牲玉載陳棫樸斯燎寥廓幽曖播以馨香皇靈惟鑒降福無疆

皇夏樂

天大親嚴匪敬伊孝永言肆饗宸明增耀陰澤云暢大典逾光乃安斯息欽若舊章天廻地旋鳴鑾引警且萬且億皇曆惟永

五郊樂歌

隋書樂志曰齊五郊迎氣降神竝奏高明樂又禮五方上帝竝奏高明之樂爲覆燾之舞按此

五歌亦如宋謝莊用五行數

青帝高明樂 三言 以下詩彙作祖珽撰

歲云獻谷風歸斗東指鴈北飛雷鞭激雷車遽虹旌靡青龍馭和氣洽具物滋翻降止應帝期

赤帝高明樂 七言

婺女司旦中呂宣朱精御節離景延根荄俊茂溫風發柘火風水應炎月執衡長物德孔昭赤旂霞曳會今朝 霞郭本作電

黃帝高明樂 五言

居中帀五運乘衡畢四時含養滋羣物協德固皇基嘽

綏契王風持載符君德良辰動靈駕承祀昌邦國

白帝高明樂九言

風涼露降馳景颸寒精山川搖落平秩在西成蓋藏成積烝民被嘉祉從享來儀鴻休溢千祀民隋書作人

黑帝高明樂六言

虹藏雉化告寒氷壯地坼年殫日次月紀方極九州萬邦獻力叶光是紀歲窮微陽潛兆方融天子赫赫明聖享神降福惟敬

祠五帝於明堂樂歌辭

肆夏樂先一日夕牲羣臣入門奏羣臣出奏進熟羣臣入並奏肆夏辭同

以丁詩彙作祖珽撰

國陽崇祀嚴恭有聞荒華胥曁樂我大君冕瑞有列禽
帛恭叙羣后師師威儀容與執禮辨物司樂考章率由
靡墜休有烈光恭叙一作載叙

高明樂太祝令迎神奏高明樂覆燾舞辭

祖德光國圖昌祇上帝禮四方闢紫宮動華闕龍虎奮
風雲發飛朱雀從玄武攜日月帶雷雨耀宇內溢區中
眷帝道感皇風帝道康皇風扇粢盛列椒醑薦神且寧
會五精歸福祿幸閶亭虎隋書作獸

武德樂太祖配饗奏武德樂昭烈舞辭五方天帝奏高明之樂覆燾之舞辭同迎氣

我惟我祖自天之命道被歸仁時屯啓聖運鍾千祀授手萬姓夷宄掩虐匡頹翼正載戢經載營庶士咸寧九功以洽七德兼盈丹書入告玄玉來呈露甘泉白雲郁河清聲教咸往舟車畢會仁加有形化浹無外嚴親惟重陟配惟大旣祐斯歌率土攸賴

昭夏樂 牲出入奏

孝享不匱精潔臨年滌牢委溢形色博牷于以用之言承歆祀肅肅威儀敢不敬止載飭載省惟牛惟羊明神有察保茲萬方

昭夏樂 薦毛血奏

我將宗祀禽獻厥誠鞠躬如在側聽無聲薦色斯純呈氣斯臭有滌有濯惟神其祐五方來格一人多祉明德惟馨於穆不已

皇夏樂 進熟皇帝入門奏皇帝升壇奏皇夏辭同

象乾上構儀坤下基集靈崇祖永言孝思室陳簋豆庭羅懸佾夙夜畏威保茲貞吉舞貴其夜歌重其升降斯百祿惟饗惟應

高明樂 皇帝初獻奏高明樂覆壽舞辭

虔凡筵闢牖戶禮上帝感皇祖酌惟潔滌以清薦心款達神明

高明樂皇帝祼獻奏高明樂覆燾舞辭

帝精來降應我明德禮殫義展流祉邦國旣受多祉實資孝敬祀謁其誠荷天休命

皇夏樂皇帝飲福酒奏

恭祀洽盛禮宣英猷爛層景廣澤同深泉上靈鍾百福羣神歸萬年月軌咸梯岫日域盡浮川瑞鳥飛玄龜潛鱗躍翠漣皇家膺寶曆兩地復參天

高明樂太祝送神奏高明樂覆燾舞辭

青陽奏發朱明歌西皓唱玄冥大禮罄廣樂成神心懌將遠征飾龍駕矯鳳旍指閶闔憩層城出溫谷邁炎庭

跨西氾過北溟忽萬億耀光精比電騖與雷行嗟皇道懷萬靈固王業震天聲

皇夏樂 皇帝還便殿奏

文物備矣聲明有章登薦惟肅禮邈前王鬯齊云終折旋告罄穆穆旒冕藴誠畢敬屯衛按部鑾蹕廻途暫留紫殿將及清都

周祀圓丘歌

隋書樂志曰周太祖迎魏武入關樂聲皆闕恭帝元年平荆州大獲梁氏樂器以屬有司及閔帝受禪居位日淺明帝踐阼雖革魏氏之樂而未臻雅正天和元年武帝初造山雲舞以備六代南北郊雩壇太廟禘祫俱用六舞建德二年十月甲辰六代樂成奏於崇信殿於是正定雅

音爲郊廟樂創造鍾律頗得其宜宣帝嗣位郊廟皆循用之無所改作

昭夏降神奏 庾信下同

重陽禋祀大報天丙午封壇肅且圜孤竹之管雲和弦神光未下風肅然王城七里通天臺紫微斜照影徘徊連珠合璧重光來天策暫轉鉤陳開丙隋書作景未郭本作來

皇夏皇帝將入門奏

旌迴外壝蹕靜郊門千乘按轡萬騎雲屯藉茅無咎掃地惟尊揖讓展禮衡璜節步星漢就列風雲相顧取法於天降其永祚

昭夏俎入奏

日至大禮豐犧上辰牲牢脩牧繭栗毛純俎豆斯立陶
匏以陳大報反命居陽兆日六變鼓鍾三和琴瑟俎奇
豆偶惟誠惟質

昭夏 奠玉帛奏

圓玉已奠蒼幣斯陳瑞形成象璧氣含春禮從天數智
總圓神爲祈爲祀至敬咸遵

皇夏 皇帝升壇奏

七星是仰八陛有憑就陽之位如日之升思虔肅肅施
敬繩繩祝史陳信玄象斯格惟類之典惟靈之澤幽顯
對揚人神咫尺 星郭本作里 施郭本作致

雲門舞 皇帝初獻奏

獻以誠鬱以清山罍舉沈齊傾惟尚饗洽皇情降景福通神明

雲門舞 皇帝初獻配帝奏

長丘遠歷大電遥源弓藏髙隴鼎沒寒門人生于祖物本於天尊神配德迄用康年尊郭本作奠

登歌 皇帝初獻及獻配帝畢奏

歲之祥國之陽蒼靈敬翠雲長象爲飾龍爲章乘長日坏蟄戶列雲漢迎風雨六呂歌雲門舞省滌濯奠牲牷鬱金酒鳳凰尊廻天瞪顧中原列一作烈

皇夏 皇帝飲福酒奏

國命在禮君命在天陳誠惟肅飲福惟虔洽斯百禮福以千年鈎陳掩映天駟徘徊彤禾飭竿翠羽承罍受斯茂祉從天之來

雍樂 撤奠奏

禮將畢樂將闌廻日轡動天關翠鳳搖和鑾響五雲飛三步上風爲馭雷爲車無轍迹有煙霞暢皇情休靈命雨留甘雲餘慶

皇夏 帝就望燎位奏

六典聯事九司咸則率由舊章於焉允塞掌禮移次燔

柴在焉煙升玉帛氣斂牲牷休氣馨香膋芳昭晰翼翼虔心明明上徹

皇夏 帝還便座奏

玉帛禮畢人神事分嚴承乃睠瞻仰廻雲輦路千門王城九軌式道移候司方廻指得一惟清於萬斯寧受茲景命于天告成

祀方澤歌

昭夏 降神奏 庾信 下同

報功陰澤展禮玄郊平琮鎮瑞方鼎升庖調歌絲竹縮酒江茅聲舒鍾鼓器質陶匏列燿秀華凝芳都荔川澤

茂祉丘陵容衛雲飾山罍蘭浮泯齊日至之禮歆茲大祭

昭夏 奠玉帛奏

曰若厚載欽明方澤敢以敬恭陳之玉帛德包含養功藏靈迹斯箱既千子孫則百

登歌 初獻奏舞辭同圜丘

質明孝敬求陰順陽壇有四陛琮爲八方牲牷蕩滌蕭合馨香和鑾戾止振鷺來翔威儀簡簡鍾鼓喤喤聲和孤竹韻入空桑封中雲氣坎上神光下元之主功深葢藏 爲郭本作分

皇夏 望坎位奏

司筵撤席掌禮移次廻顧封壇恭臨坎位瘞玉埋俎藏芬歛氣是曰就幽成斯地意 斯郭本作此

祀五帝歌

庾信 下同

皇夏 奠玉帛奏

嘉玉惟芳嘉幣惟量成形依禮禀色隨方祀致有次歲禮惟常威儀抑抑率由舊章 依郭作惟 有郭作其

皇夏 初獻奏

惟令之月惟嘉之辰司壇宿設掌史誠陳敢用明禮言功上神鉤陳旦闢閶闔朝分旒垂象晃樂奏山雲將廻

霆策暫轉天文五運周環四時代序鱗次玉帛循廻樽俎神其降之介福斯許掌郭作長

青帝雲門舞皇帝初獻奏下並同

甲在日鳥中星禮東后奠蒼靈樹春旗命青史候鴈還東風起歌木德舞震宮泗濵石龍門桐孟之月陽之天億斯慶兆斯年

配帝舞

帝出于震蒼德於神其明在日其位居春勞以定國功以施人言從配祀近取諸身

赤帝雲門舞

招搖指午對南宮日月相會實沈中離光布政動溫風
純陽之月樂炎精赤雀丹書飛送迎朱絃絳鼓罄虔誠
萬物含養各長生

配帝舞

以炎爲政以火爲官位司南陸亨配離壇三和實俎百
味浮蘭神其茂豫天步艱難

黃帝雲門舞

三光儀表正四氣風雲同戊巳行初曆黃鍾始變宮平
琮禮內鎮陰管奏司中齊壇芝曄曄清野桂馮馮夕牢
芬六鼎安歌韻八風神光乃超忽嘉氣恒蔥蔥

配帝舞

四時咸一德五氣或同論猶吹鳳皇管尚對梧桐園器圜居土厚位總配神尊始知今奏樂還用我雲門

白帝雲門舞

肅靈兌景承配秋壇雲高火落露白蟬寒帝律登年金精行令瑞獸霜輝祥禽雪映司藏肅殺萬寶咸宜厥田上上收功在斯輝郭作耀

配帝舞

金行秋令白帝朱宣司正五雉歌庸九川執文之德對越彼天介以福祉君子萬年

黑帝雲門舞

北辰爲政玄壇北陸之祀員官宿設玄璜浴蘭坎德陰風御寒次律將廻窮紀微陽欲動細泉管猶調於陰竹聲未入於春絃待歸餘於送曆方履慶於斯年

配帝舞

地始坼虹始藏服玄玉居玄堂沐蕙氣浴蘭湯匏器潔水泉香陟配彼福無疆君欣欣此樂康

隋圜丘歌

隋書樂志曰文帝開皇中詔秘書監牛弘秘書丞姚察虞部侍郎許善心兼内史舍人虞世基東宮學士劉臻等詳定雅樂十四年三月樂定弘等奏曰伏奉明詔詳定雅樂博訪知音旁求

儒彦研校是非定其去就取爲一代正樂具在本司於是并撰歌辭三十首詔並令施用見行者皆停之其人間音樂流僻日久棄其舊體者並加禁約務存其本牛弘傳曰開皇九年奉詔改定雅樂又作樂府歌辭撰定圜丘五帝凱樂仁壽元年詔牛弘柳顧言許善心虞世基蔡徵等更詳故實創制雅樂歌辭其辭圜丘皇帝入至版位定奏昭夏之樂以降天神升壇奏皇夏之樂受玉帛登歌奏昭夏之樂皇帝降南陛詣罍洗洗爵訖升壇並奏皇夏初升壇俎入奏昭夏之樂皇帝初獻奏誠夏之樂皇帝既獻作文舞之舞皇帝飲福酒作需夏之樂皇帝反爵於坫還本位奏皇夏之樂武舞出作肆夏之樂送神作昭夏之樂就燎位還大次並奏皇夏

昭夏 降神奏

肅祭典協良辰具嘉薦俟皇臻禮方成樂已變感靈心迴天睠闢華闕下乾宮乘精氣御祥風望爟火通田燭

膺介圭受瑄玉神之臨慶陰陰煙衢洞宸路深善既福德斯輔流鴻祚徧區宇

皇夏 皇帝升壇奏

於穆我君昭明有融道濟區域功格玄穹百神警衛萬國承風仁深德厚信洽義豐明發思政勤憂在躬鴻基惟永福祚長隆 君一作后

登歌

德深禮大道高饗穆就陽斯恭陟配惟肅血膋升氣覓裘標服誠感清玄信陳史祝祇承靈貺載膺多福

誠夏 皇帝初獻奏

肇禋崇祀大報尊靈因高盡敬掃地推誠六宗隨兆五緯陪營雲和發韻孤竹揚清我粢既潔我酌惟明五神是鑒百祿來成大報一作式奉盡郭作訆犰清一作聲

文舞皇帝既斟獻奏

皇矣上帝受命自天啓圖作極文教遐宣四方監觀萬國陶甄有苗斯格無得稱焉天地之經和樂具舉休徵咸萃要荒式序正位履端秋霜春雨

需夏皇帝飲福酒奏

禮以恭事薦以饗時載清玄酒備潔薌萁迴旐分爵思媚軒墀惠均撤俎祥降受釐十倫以具百福斯滋克昌

厥德永祚鴻基

武舞

御曆膺期乘乾表則成功戡亂順時經國兵暢五材武
弘七德憬彼遐裔化行充塞三道備舉二儀交泰情發
自中義均莫大祀敬恭肅鍾鼓繁會萬國斯歡兆民斯
賴享茲介福康哉元首惠我無疆天長地久（民隋書作人）

昭夏（送神奏）

享序洽祀禮施神之駕嚴將馳奔精驅長離耀牲煙達
潔誠照騰日馭鼓電鞭辭下土升上玄瞻寥廓杳無際
澹羣心留餘惠

## 五郊歌

隋書樂志曰五郊歌辭青郊奏角音赤郊奏徵音黃郊奏宮音白郊奏商音黑郊奏羽音迎送神登歌與圓丘同

青帝歌角音

震宮初動木德惟仁龍精戒旦鳥曆司春陽光煦物溫風先導巖處載驚膏田已冒犧牲豐潔金石和聲懷柔備禮明德惟馨

赤帝歌徵音

長嬴開序炎上爲德執禮司萌持衡御國重離得位芒種在時含櫻薦實木槿垂蕤慶賞既行高明可處順時

立祭事昭福舉

黃帝歌宫音

爰稼作土順位稱坤孚金成德履艮爲尊黃本内色宫實聲始萬物資生四時咸紀靈壇汎埽盛樂高張威儀孔備福履無疆

白帝歌商音

西成肇節盛德在秋三農稍巳九穀行收金氣肅殺商威飂戾嚴風鼓莖繁霜隕蘀厲兵詰暴勑法愼刑明神降嘏國步惟寧

黑帝歌羽音

玄英啓候冥陵初起虹藏於天雉化於水嚴關重閉星廻日窮黃鍾動律廣莫生風玄樽示本天産惟質恩覃外區福流京室京隋書作景

## 感帝歌

隋書樂志曰祀感帝奏諴夏迎送神登歌與圜丘同

### 諴夏

禘祖垂典郊天有章以春之孟於國之陽繭栗惟誠陶匏斯尚人神接禮明幽交暢火靈降祚火曆載隆烝哉帝道赫矣皇風以春之孟郭作以孟之春

## 雩祭歌

隋書樂志曰雩祭蜡祭朝日夕月竝奏諴夏其迎送神登歌竝與圜丘同

諴夏

朱明啓候時載陽肅若舊典延五方嘉薦以陳盛樂奏氣序和平資靈祐公田既雨私亦濡民殷俗富政化敷

民隋書作人

## 蜡祭歌

諴夏

四方有祀八蜡酬功收藏既畢榛葛送終使之必報祭之斯索三時告勞一日爲澤神祇必來鱗羽咸致惟義之盡惟仁之至年成物阜罷役息民皇恩已洽靈慶無

垠民隋書作人

朝日夕月歌

朝日誠夏

扶木上朝暾嵫山沈暮景寒來遊晷促暑至馳輝永時和合璧耀俗泰重輪明執圭盡昭事服冕罄虔誠

夕月誠夏

澄輝燭地域流耀鏡天儀曆草隨弦長珠胎逐望虧成形表蟾兔竊藥資王母西郊禮既成幽壇福惟厚

方丘歌

隋書樂志曰祭方丘惟此四首異餘並同圓丘

昭夏 迎神奏

柔功暢陰德昭陳瘞典盛玄郊簠冪清嘗鬯馥皇情虔具寮肅笙頌合鼓鼗會出桂旗屯孔蓋敬如在肅有承神胥樂慶福膺 旗郭本作旌

登歌 奠玉帛奏

道惟生育器乃包藏報功稱範殷薦有常六瑚已饋五齊流香貴誠尚質敬洽義章神祚惟永帝業增昌

誠夏 獻皇地祇奏

厚載垂德崑丘主神陰壇吉禮北至良辰鑒水呈潔牲栗表純樽壺夕視幣玉朝陳羣望咸秩精靈畢臻祚流

於國祉被於人

昭夏 送神奏

奠既徹獻已周竦靈駕逝遠遊洞四極帀九縣慶方流祉恒遍埋玉氣掩牲芬晰神理顯國文

神州歌

隋書樂志曰祭神州奏社稷先農並奏諴夏其迎送神登歌並與方丘同

諴夏

四海之內一和之壤地曰神州物賴生長咸池既降泰折斯饗牲牷尚黑珪玉寔兩九寓載寧神功克廣

社稷歌 四首

春祈社誠夏

厚地開靈方壇崇祀達以風露樹之松梓勾萌既申芟柞伊始恭祈粢盛載膺休祉

春祈稷誠夏

粒食興教播厥有先尊神致潔報本惟虔瞻榆束耒望杏開田方憑戩福佇詠豐年

秋報社誠夏

北墉申禮單出表誠豐犧入薦華樂在庭原隰既平泉流又清如雲已望高廩斯盈

秋報稷誠夏

民天務急農亦勤止或蓘或藨惟豐惟芑涼風戒時歲云秋矣物成則報功施必祀民隋書作人

先農歌

誠夏

農祥晨晰土膏初起春原俶載青壇致祀斂蹕長阡迴旌外壝房俎飾薦山罍洗滓親事朱弦躬持黛耜恭神務穡受禧降祉

先聖先師歌

誠夏

經國立訓學重教先三墳肇冊五典留篇開鑿理著陶

鑄功宣東膠西庠春誦夏弦芳塵載仰祀典無騫

古樂苑卷第三終

# 古樂苑卷第四

西吳 梅鼎祚 補正
東越 呂胤昌 校閱

## 郊廟歌辭 廟祀 漢 魏 晉 宋

### 漢安世房中歌

儀禮曰燕歌鄉樂周南關雎葛覃卷耳召南鵲巢采蘩采蘋鄭康成云王后國君夫人房中之樂歌也周南召南風化之本故謂之鄉樂用之房中以及朝廷饗燕鄉射飲酒也周官磬師掌教燕樂之鐘磬傳云燕樂房中之樂所謂陰聲也詩傳曰國君有房中之樂天子以周南諸侯以召南漢書曰房中祠樂高祖唐山夫人所作也周有房中樂至秦名曰壽人凡樂樂其所生禮不忘本高祖樂楚聲故房中樂楚聲也孝惠二年使樂府令夏侯寬備其簫管更名安世樂

宋書樂志曰魏文帝黄初二年議者以房中歌后妃之德所以風天下正夫婦乃改爲正始之樂明帝太和初繆襲奏魏國初建王粲所作登歌安世詩專以思詠神靈及説神靈鑒享之意晉書樂志曰魏明帝時侍中繆襲奏漢安世歌詠亦説高張四縣神來燕享嘉薦令儀永受厥福無有二南后妃風化天下之言今思惟往者謂房中爲后妃之歌恐失其意方祭祀娯神登堂歌先祖功德下堂歌詠燕享無事歌后妃之化也於是改安世樂曰享神歌唐書禮樂志曰平調清調瑟調皆周房中之遺聲按漢書云房中歌十七章然止列爲九章宋劉敞注云疑本十二章誤爲十七章因分列爲十七章之數焉端臨文獻通考亦同而郭茂倩樂府作十六章今從劉氏爲正文漢書郭本分列于下

唐山夫人

大孝備矣休德昭清高張四縣樂充宮庭芬樹羽林雲景杳冥金支秀華庶旄翠旌 劉敞云大孝備矣一章八句

七始華始肅倡和聲神來宴娭庶幾是聽粥粥音送細齊人情忽乘青玄熙事備成清思眑眑經緯冥冥七始華始一章十句漢書郭本粥粥至冥冥一章

我定歷數人告其心敕身齊戒施教申申乃立祖廟敬明尊親大矣孝熙四極爰轃我定歷數一章十句郭本同漢書至樂民人爲一章轃與臻字同

王侯秉德其鄰翼翼顯明昭式清明𨔵矣皇帝孝德竟全大功撫安四極王侯秉德一章七句郭本同

海內有姦紛亂東北詔撫成師武臣承德行樂交逆簫勺羣慝肅爲濟哉蓋定燕國海內有姦一章八句郭本同簫舜樂勺周樂勺讀曰

酌

大海蕩蕩水所歸高賢愉愉民所懷大山崔百卉殖民何貴貴有德大海蕩蕩一章六句郭本同

安其所樂終產樂終產世繼緒飛龍秋遊上天高賢愉樂民人安其所一章八句郭本同蘇林曰秋飛貌也師古曰莊子有秋駕之法者亦言駕馬騰驤秋秋然也揚雄賦曰秋秋蹌蹌入西園其義亦同讀者不曉秋義或改此秋字爲秌稷之秌失之遠矣

豐草葽女羅施善何如誰能回大莫大成教德長莫長被無極豐草葽一章八句漢書郭本竝同

靁震震電燿燿明德鄉治本約治本約澤弘大加被寵咸相保施德大世曼壽靁震震一章十句漢書郭本竝同

都荔遂芳窅窊桂華孝奏天儀若日月炎乘玄四龍回馳北行羽旄殷盛芬哉芒芒孝道隨世我署文章桂華一章十句孟康曰窅出窊入都良薜荔之香鼓動桂華也晉灼曰桂華殿名樹此香草以潔齊其芳氣達於宮殿也臣瓚曰茂陵中書歌都孋桂英美芳鼓行不得爲殿師古曰都良薜荔俱有芬芳桂華之形窅窊然也

[桂華]馮馮翼翼承天之則吾易久遠燭明四極慈惠所爕美若休德杳杳冥冥克綽永福桂華一章十句劉敞曰馮馮翼翼此桂華前章之名也古詩皆有篇名今此獨兩章存郭本至山則一章

[美芳]磑磑即即師象山則嗚呼孝哉案撫戎國蠻夷竭歡象來致福兼臨是愛終無兵華美芳一章八句郭本嗚呼至兵華一章漢書桂華馮馮翼翼至兵華爲一章劉奉世曰桂華美芳皆二詩章名本側注在前篇之末傳寫之誤遂以冠後

後詞無美芳亦當作美若矣

嘉薦芳矣告靈饗矣告靈既饗德音孔臧惟德之臧建侯之常承保天休令問不忘嘉薦芳矣一章八句漢書郭本竝同

皇皇鴻明蕩侯休德嘉承天和伊樂厥福在樂不荒惟民之則皇皇鴻明一章六句

浚則師德下民咸殖令聞在舊孔容翼翼浚則師德一章四句郭本皇皇至翼翼爲一章

孔容之常承帝之明下民之樂子孫保光承順溫良受帝之光嘉薦令芳壽考不忘孔容之常一章八句郭本同

承帝明德師象山則雲施稱民永受厥福承容之常承

帝之明下民安樂受福無疆承帝明德一章八句郭本同漢書皇皇鴻明至受福無疆爲一章

## 魏太廟頌 三章

建安十八年曹操爲魏公加九錫始立宗廟令粲作此頌以享其先始名曰顯廟頌後人更今名

王粲

思皇烈祖時邁其德肇啓洪源貽燕我則我休厥成聿先厥道丕顯丕欽允時祖考

綏庶邦和四宇九功備彝樂序建崇牙設璧羽六佾奏八音舉昭大孝衎妣祖念武功收純祜

於穆清廟翼翼休徵祁祁髦士厥德允升懷想成位咸

彝在宮無思不若允觀厥崇

晉祠廟歌

南齊書樂志曰晉泰始中傅玄造玄云登歌歌盛德之功烈故廟異其文饗神猶周頌之有聲及雍但說祭饗神明禮樂之盛七廟皆用之夏侯湛又造宗廟歌十三篇宋書樂志曰元康中荀藩受詔成父勗業金石四縣用之郊廟

夕牲歌　傅玄 下同十一首

我夕我牲猗歟敬止嘉豢孔時供茲享祀神鑒厥誠博碩斯歆祖考降饗以虞孝孫之心

迎送神歌

嗚呼悠哉日鑒在茲以時享祀神明降之神明斯降既

祐饗之胙我無疆受天之祜赫赫太上巍巍聖祖明明烈考丕承繼序

征西將軍登歌

經始宗廟神明戾止申錫無疆祇承享祀假哉皇祖綏予孫子燕及後昆錫茲繁祉

豫章府君登歌

嘉樂肆庭薦祀在堂皇皇宗廟乃祖先皇濟濟辟公相予烝嘗享祀不忒降福穰穰肆郭本作在庭晉書作筵先晉書作乃辟一作羣

潁川府君登歌

於邈先后實司于天顯矣皇祖帝祉肇臻本支克昌資

始開元惠我無疆享祀永年祀晉書作祚

京兆府君登歌

於惟曾皇顯顯令德高明清亮匪兢柔克保乂命祜基命惟則篤生聖祖光濟四國祜晉書作祐

宣皇帝登歌

於鑠皇祖聖德欽明勤施四方夙夜敬止載敷文教載揚武烈匡定社稷龔行天罰經始大業造創帝基畏天之命于時保之

景皇帝登歌

執兢景皇克明克哲旁作穆穆惟祗惟畏纂宣之緒耆

定厥功登此俊乂糾糾彼羣凶業業在位帝既勤止維天之命於穆不已

文皇帝登歌

於穆時晉允文文皇聰明叡智聖敬神武萬幾莫綜皇斯清之虎兕放命皇斯平之柔遠能邇簡授英賢創業垂統勳格皇天虎兕晉書作蛇豕

饗神歌二篇

曰晉是常享祀時序宗廟致敬禮樂具舉惟其來祭普天率土犧樽既奠清酤既載亦有和羹䰞羞斯備烝烝永慕感時興思登歌奏舞神樂其和祖考來格祐我邦

家敷天之下罔不休嘉 敷天晉書作溥天

肅肅在位濟濟臣工四海來格禮儀有容鍾鼓振管絃理舞開元歌永始神胥樂兮肅肅在位臣工濟濟小大咸敬上下有禮理管絃振鼓鐘舞象德歌詠功神胥樂兮肅肅在位有來雍雍穆穆天子相維辟公禮有儀樂有則舞象功歌詠德神胥樂兮

## 江左宗廟歌

晉書樂志曰永嘉之亂海內分崩伶官樂器皆沒於劉石江左初立宗廟尚書下太常祭祀所用樂名太常賀循答云魏氏增損漢樂以爲一代之禮未審大晉樂名所以爲異遭離喪亂舊典不存然此諸樂皆和之以鍾律文之以五聲詠之以歌亂陳之於舞列宮懸在庭琴瑟在堂

入音迭奏雅樂竝作登歌下管各有常詠周人之舊也自漢氏已來依倣此禮自造新詩而已舊京荒廢今既散亾音韻曲折又無識者則於今難以意言于時以無雅樂器及伶人省太樂并鼓吹令是後頗得登歌食舉之樂猶有未備太寧末明帝又詔阮孚等增益之咸和中成帝乃復置太樂官鳩集遺逸而尚未有金石也庾亮為荊州與謝尚循復雅樂未具而亮薨庾翼桓温專事軍旅樂器在庫遂至朽壞焉及慕容雋平冉閔兵戈之際而鄴下樂人亦頗有來者永嘉十一年謝尚鎮壽陽於是採拾樂人以備太樂并制石磬雅樂始頗具而王猛平鄴慕容氏所得樂聲又入關右太元中破苻堅又獲其樂工楊蜀等閑習舊樂於是四箱金石始備焉乃使曹毗王珣等增造宗廟歌詩然郊祀遂不設樂隋書樂志曰梁武帝云著晉宋史者皆言太元元嘉四年四箱金石大備今檢樂府止有黄鍾姑洗蕤賓太簇四格而已六律不具何謂四箱備樂之文其義焉在

歌高祖宣皇帝　曹毗 下同十首

於赫高祖德協靈符應運撥亂釐整天衢勳格宇宙化動八區肅以典刑陶以玄珠神石吐瑞靈芝自敷肇基天命道均唐虞

歌世宗景皇帝

景皇承運纂隆洪緒皇維重抗天暉再舉蠢矣二寇擾我揚楚乃整元戎以膏齊斧亹亹神算赫赫王旅鯨鯢既平功冠帝宇

歌太祖文皇帝

太祖齊聖王猷誕融仁教四塞天基累崇皇室多難嚴

清紫宮威厲秋霜惠過春風平蜀夷楚以文以戎奄有
參墟聲流無窮

歌世祖武皇帝

於穆武皇允龔欽明應期登禪龍飛紫庭百揆時序聽
斷以情殊域既賓僞吴亦平晨流甘露宵暎朗星野有
擊壤路垂頌聲

歌中宗元皇帝

運屯百六天羅解貫元皇勃興網籠江漢仰齊七政俯
平禍亂化若風行澤猶雨散淪光更耀金輝復煥德冠
千載蔚有餘粲（網籠郭本作網羅）

歌肅宗明皇帝

明明肅祖闡弘帝祚英風夙發清暉載路姦逆縱忒罔式皇虔躬振朱旗遂豁天步宏猷淵塞高羅雲布品物咸寧洪基永固

歌顯宗成皇帝

於休顯宗道澤玄播式宣德音暢物以和邁德蹈仁匪禮弗過敷以純風濯以清波連理暎阜鳴鳳棲柯同規放勛義蓋山河

歌康皇帝

康帝穆穆仰嗣洪德爲而不宰雅音四塞閑邪以誠鎮

物以默威靜區宇道宣邦國

歌孝宗穆皇帝

孝宗肅哲休音允臧如彼晨離曜景扶桑垂訓華幄流潤八荒幽讚玄妙爰該典章西平僭蜀北靜舊疆髙猷遠暢朝有遺芳

歌哀皇帝

於穆哀皇聖心虛遠雅好玄古大庭是踐道尚無爲治存易簡化若風行民猶草偃雖曰登遐徽音彌闡愔愔雲韶盡美盡善民一作時

歌太宗簡文皇帝　王珣下同二首

皇矣簡文於昭于天靈明若神周淡如淵沖應其來實與其遷亹亹心化日用不言易而有親簡而可傳觀流彌遠求本逾玄

歌烈宗孝武皇帝

天鑒有晉欽哉烈宗同規文考玄默允龔威而不猛約而能通神鉦一震九域來同道積淮海雅頌自東氣陶淳露化協時雍

四時祠祀歌　曹毗

肅肅清廟巍巍聖功萬國來賓禮儀有容鍾鼓振金石熙宣兆胙武開基神斯樂兮理管絃有來斯和說功德

吐清歌神斯樂兮洋洋玄化潤被九壤民無不悅道無
不往禮有儀樂有式詠九功永無極神斯樂兮

## 宋宗廟登歌

宋書樂志曰武帝永初元年七月有司奏皇朝肇建廟祀廟設雅樂太常鄭鮮之等八十八人各撰立新歌黄門侍郎王韶之所撰歌辭七首竝合施用詔可又有七廟饗神登歌一首併以歌章太后孝建二年十月辛未有司又奏郊廟舞樂皇帝親奉初登壇及入廟詣東壁並奏登歌不及三公行事左僕射建平王宏重參議公卿行事亦宜奏登歌有司又奏元會及二廟齋祠登歌依舊竝於殿庭設作尋廟祠依新儀注登歌人上殿弦管在下今元會登歌人亦上殿弦管在下

並詔可

## 北平府君登歌　王韶之 下同八篇

綿綿遐緒昭明載融漢德未遠堯有遺風於穆皇祖永世克隆本支惟慶貽厥靡窮

相國掾府君登歌

乃立清廟清廟肅肅乃備禮容禮容穆穆顯允皇祖昭是嗣服錫兹繁祉聿懷多福（備一作修）

開封府君登歌

四縣既序簫管既舉堂獻六瑚庭萬八羽先王有典克禋皇祖不顯洪烈永介休祜

武原府君登歌

鐘鼓喤喤威儀將將溫恭禮樂敬享曾皇邁德垂仁係

軌重光天命純嘏惠我無疆敬郭本作致

東安府君登歌

鑠矣皇祖帝度其心永言配命播兹徽音思我茂猷如玉如金駿奔在陛是鑒是歆

孝皇帝登歌

烝哉孝皇齊聖廣淵發祥誕慶景胙自天德敷金石道被管絃有命既集徽風永宣

高祖武皇帝登歌

惟天有命眷求上哲赫矣聖武撫運桓撥功並敷土道均汝墳止戈曰武經緯稱文鳥龍失紀雲火代名受終

改物作我宋京至道惟王大業有劭降德兆民升歌清廟

七廟享神登歌

奕奕寢廟奉璋在庭笙籥既列犧象既盈黍稷匪芳明祀惟馨樂具禮充潔羞薦誠神之格思介以休禎濟濟羣辟永觀厥成

七廟迎神辭 宋書不載按志竣嘗同荀萬秋竟陵建平王等議樂則此亦當時所製或未施用耳 顔竣

敬恭明祀孝道感通合樂維和展禮有容六舞肅列九變成終神之來思享茲潔衷靈之往矣綏我家邦

世祖廟歌 二一六斗

世祖孝武皇帝廟歌　謝莊 下同

帝錫二祖長世多祜於穆睿考龔聖承矩玄極弛馭乾紐墜緒闢我皇維締我宗宇刷定四海肇構神京復禮輯樂散馬墮城澤牣九有化浮八瀛慶雲承掖甘露飛甍肅肅清廟徽徽閟宮舞蹈象德笙磬陳風黍稷非盛明德惟崇神其歆止降福無窮 龔一作襲 宗一作宋

宣皇太后廟歌

亶祥月輝毓德軒光嗣徽嬀汭思媚周姜母臨萬寓訓藹紫房朱玄玉籥式載瑱芳

## 章廟舞樂歌辭

宋書樂志曰文帝章太后廟未有樂章孝武大明中使尚書左丞殷淡造新歌明帝又自造昭太后宣太后歌詩又曰章廟樂舞𧜵歌悉同用太廟辭唯三后別撰隋書樂志曰梁天監元年周捨議曰禮尸出入奏肆夏賓入大門奏肆夏牲出入奏昭夏宋季失禮神入廟門遂奏昭夏乃以牲牢之樂用接祖宗之靈斯皆前代之深疵當今所宜改也

### 肅咸樂　夕牲賓出入奏　殷淡　下同九首

夤承孝典恭事嚴聖浹天奉賮鏊壤齊慶司儀具序羽容夙彰芬枝颺烈黼構周張助寶奠軒酎珍充庭璆縣凝會琄朱竚聲先期選禮肅若有承祗對靈祉皇慶昭膺禮一作會

尊事威儀輝容昭叙迅恭神明粢盛牲俎肅肅嚴宮藹

藹崇基皇靈降祉百祇具司戒誠望夜端列承朝依徽

昭旦物色輕霄鴻慶遐鬯嘉薦令芳翊帝明德永祚流

光

引牲樂 牲出入奏

維誠絜饗維孝奠靈敬芬黍稷敬滌犧牲騂繭在豢載

溢載豐以承宗祀以肅皇衷蕭芳四舉華火周傳神監

孔昭嘉是柔牷

嘉薦樂 薦豆呈毛血奏

肇禋戒祀禮容咸舉六典飭文九司昭序牲柔既昭犧

剛既陳恭滌惟清敬事惟神加籩再御兼俎重薦節動軒越聲流金縣奕奕閟幄亹亹嚴閨潔誠夕鑒端服晨暉聖靈戾止翊我皇則上綏四寓下洋萬國永言孝饗孝饗有容儐僚贊列肅肅雍雍齊樂用此分奕奕爲一章

昭夏樂迎神奏

閟宮黝黝複殿微微璿除肅炤釭壁彤煇黼帟神凝玉堂嚴馨圜火夕耀方水朝清金枝委樹翠鐙苧縣停波澄宿華漢浮天恭事既夙虔心有慕仰降皇靈俯寧休胙

永至樂皇帝入廟北門奏漢書禮樂志曰皇帝入廟門奏永至以爲行步之節猶古采

齊肆夏也

皇明鬯矣孝容以昭鑾華羽迾拂漢涵漓申申嘉夜翊

翊休朝行金景送步玉風韶師承祀則肅對禋祧明一作朝

漓一作濟

登歌太祝祼地奏

帝容承祀練時涓日九重徹關四靈賓至肅倡函音庶

旄委佾休靈告饗嘉慶尚芬玉瑚飾列桂簋昭陳具司

選禮翼翼振振

祼崇祀典酎恭孝時禮無爽物信靡媿辭精華孚鬯誠

監昭通升歌翊節下管調風皇心履變敬明尊親大哉

孝德至矣交神

章德凱容樂舞歌　章太后神室奏

幽瑞浚靈表彰嬪聖翊載徽文敷光崇慶上緯纏祥中
維飾詠永屬煇猷聯昌景命

昭德凱容樂舞歌　昭太后神室奏　明帝　下同二首

表靈躔象纘儀緯風膺華丹燿登瑞紫穹訓形霄宇武
彰宸宮騰芬金會寫德聲容

宣德凱容樂舞歌　宣太后神室奏

天樞凝耀地紐儷輝聯光騰世炳慶翔機薰謁中寓景
躔上微玉頌鏤德金籥傳徽

嘉胙樂舞辭 皇帝還東壁受福酒奏 殷淡 下同四首

禮薦洽福時昌皇聖膺嘉祜帝業凝休祥居極乘景運宅德瑞中王澄明臨四表精華延八鄉洞海周聲惠徹宇麗乾光靈慶纏世祉鴻烈永無疆 時齊作祚

昭夏樂舞歌 送神奏 二章

大孝備盛禮豐神安留嘉樂充旋駕聳汎青穹延八虛闢四空藹流景肅行風

昭融教緝風度戀皇靈結深慕解羽縣輟華樹偕琁除端玉軫流汪瀸慶國步 偕一作背

休成樂歌 皇帝詣便殿奏漢書禮樂志曰登歌再終下奏休成之樂美神明既饗也

釃醴具登嘉俎咸薦饗洽誠陳禮周樂徧祝辭罷祼序
容輟縣蹕動端庭鑾囘嚴殿神儀駐景華漢亭虛八靈
案衞三祇解途翠蓋燿澄畢奕凝宸玉鑣息節金軫懷
音式誠遠孝底心肅感追憑皇鑒思承淵範神錫懋祉
四緯昭明仰福帝徽俯齊庶生燿澄齊書作澄燿凝宸作凝晨

古樂苑卷第四終